Als sie über die Kuppe fuhren

Bibliografische Information der Deutschen Nationalbibliothek:
Die Deutsche Nationalbibliothek verzeichnet diese Publikation in der
Deutschen Nationalbibliografie; detaillierte bibliografische Daten sind im
Internet über dnb.dnb.de abrufbar.

© 2018 Brigitte Karcher
Umschlag-Gestaltung, Layout und Satz: Martin Karcher, Berlin
Herstellung und Verlag: BoD – Books on Demand, Norderstedt
ISBN: 978-3-7528-6790-9

Brigitte Karcher

Als sie über die Kuppe fuhren

Erzählungen

BARRIEREFREI

Das Hotelzimmer war, gemessen an seinem stolzen Preis, enttäuschend klein. Doras großer, silbern glänzender Schalenkoffer, hatte auf der Gepäckablage dieses Schrank-Bett-Tisch-und-zwei-Stühle-Arrangements nur einen knapp bemessenen Platz gefunden. Er war neu. Sie hatte ihn für diese Reise angeschafft, wie vieles andere, das in ihm lag, sorgfältig gefaltet und mit Gurt fixiert. Hauchzarte Unterwäsche von edelster Qualität, eine sündteure weiße Leinenhose, die ihre schlanke Figur betonte, ein geblümter, bei jedem Luftzug flatternd und knapp über ihren Knien endender Sommerrock, der ihre formvollendeten Beine zeigte. Etwas langes, tiefblau Fließendes war auch dabei. Man konnte nicht wissen, was die Abende brächten, einen Opernbesuch vielleicht, er liebe Opern, speziell Verdi, stand in einem seiner Briefe. Drei Nachthemden, Gespinste aus Spitze und Seide, von dezenter Transparenz, passten so gar nicht zu dieser, auf das Nötigste beschränkten Zimmereinrichtung. Baumwolle hätte es hier auch getan, schoss es Dora durch den Kopf. Verschiedene Oberteile, tief ausgeschnitten, davon zwei mit Rückendekolleté, hatte sie in einem Schwabinger Modegeschäft entdeckt und als unverzichtbar erkannt. Die sehr junge Verkäuferin hatte sie zu ihrer guten Figur beglückwünscht und versichert, nur wenige Frauen in ihrem Alter könnten so tiefe Brust- und Rückenausschnitte tragen. Dora war in diesem Jahr neunundvierzig Jahre alt geworden und fühlte sich wie dreißig. Trotz der Anspielung auf ihr Alter ließ sie sich die Teile einpacken.

Die Verkäuferin habe ja recht, sagte sie sich, sie war natürlich keine dreißig mehr, aber doch unangenehm überrascht, dass andere es sahen. Trotzdem, sie würde diese Blusen tragen können, sie wusste es selbst, denn ihre Haut war makellos.

Sie schaute in den Schrank, zählte die Bügel an der Kleiderstange und prüfte den Geruch in den Wäschefächern. Es roch nach Lavendel. Sie entdeckte ein frisches Duftsäckchen in einem der Fächer, ein weiteres zwischen den Kleiderbügeln hängend. Sehr schön, dachte sie und begann sich einzurichten.

Später öffnete sie das hohe zweiflügelige Fenster. Sie blickte auf gelbe Sonnenschirme, dazwischen, teils von diesen verdeckt, standen Tische und Stühle einer Cafeteria, die zum Haus gehörte. Die schmale Straße weitete sich vor ihrem Hotel zu einem kleinen Platz, in dessen Mitte ein Brunnen unverzagt einen kraftlosen Wasserstrahl in die Höhe pumpte. Auf seinen Stufen saßen Jugendliche, rauchten, lachten, schrien durcheinander, doch dieses Geschrei hatte im Wohlklang der italienischen Sprache noch immer etwas bezaubernd bühnenhaftes, als probe ein Theaterensemble nach Regieanweisung die Szene lebhafte Unterhaltung vor plätscherndem Brunnen. Die Darbietung ging weiter. Ein Junge tanzte zu den Klängen einer Mundharmonika, seine Freunde feuerten ihn klatschend an. Einige Mädchen blieben stehen, wippten mit dem Oberkörper und zeichneten mit ihren nackten Armen Bogen, Striche und Wellen in die Luft. Dora schaute eine Zeitlang zu. Die Vorführung unter ihrem Fenster half ihr, sich in dem engen Zimmer plötzlich wohl zu fühlen. Sie setzte sich auf einen der beiden Stühle und griff nach ihrem Smartphone. Sie wählte Anne.

»Na endlich«, sagte diese. »Bist du gut gelandet, alles okay bei dir, hast du ihn schon getroffen?«

»Nein, noch nicht, und ich bin ganz froh darüber. So habe ich noch ein bisschen Ruhe und Zeit, mich innerlich und äußerlich darauf vorzubereiten. Das ist mir lieber, als übernächtigt und zerknittert aus dem Zug zu steigen und bereits erwartet zu werden«, log sie, denn sie war alles andere als froh.

»Was ist los«, fragte Anne, »er wollte dich doch am Bahnhof abholen. Habt ihr euch verfehlt?«

»Nein, das nicht. Doch Emilio rief mich an und sagte, er habe erst am Abend Zeit. Ein Termin sei ihm dazwischen geraten. Wir treffen uns später zum Abendessen.«

Doras Stimme verriet eine vage Enttäuschung.

Sie war noch nie in Rom gewesen. Sie kannte Paris, Wien, London und andere europäische Metropolen aus der Perspektive einer Durchreisenden, die einige Tage für Modeaufnahmen ein Hotelzimmer bewohnte und keine Zeit für Stadtbesichtigungen fand, nur den Weg zum jeweiligen Fotoatelier. Doch nicht einmal einen solchen kannte sie in Rom, denn die Stadt war außerhalb ihres beruflichen Radius gelegen, den ihre Agentur für sie gezogen hatte. Ihr Reisedasein lag außerdem längst hinter ihr. Die damit verbundene Fähigkeit, sich überall und sofort problemlos zurecht zu finden, war zwar nicht verloren gegangen, doch mühseliger abzurufen. Sie hatte deshalb auf angenehmen Geleitschutz gehofft bei ihrer Ankunft in Rom und hätte sich gerne der Führung eines Mannes anvertraut, der ihr Unbequemlichkeiten ersparen würde, vom ersten Schritt an, den sie auf dem Bahnsteig der Station Termini tat, bis zu weiteren in seiner großartigen Stadt, wie er sie pries, und allen anderen, die sie mit ihm in einer hoffentlich gemeinsamen Zukunft tun würde. Ihre Enttäuschung war demnach grundlegend und schob ihre Lebenstraumkarte vom greifbar nahen Glück unter eine etwas mindere so-sicher-ist-das-noch-nicht-Karte.

Anne, die Freundin, schwieg. Sie überlegte, fand es absolut unverständlich, dass der Mann es nicht geschafft hatte, diesen wichtigen Augenblick terminfrei zu halten, wenn die Frau, die er seit sechs Monaten mit Liebesbriefen bombardierte, endlich seiner dringenden Einladung gefolgt war. Sie wollte es nicht glauben, behielt aber ihren Ärger für sich.

»Wie bist du ins Hotel gekommen«, fragte sie stattdessen.

»Ich nahm ein Taxi, das war nicht das Problem.«

»Sondern?«

»Ich glaub, der Fahrer kutschierte mich kreuz und quer durch die ganze Stadt, als er merkte, dass ich hier fremd bin. Ich befürchtete, nie in meinem Hotel anzukommen, sondern Gott weiß wo, und teuer war es dann auch.«

»Gut, also jetzt bist du aber dort. Wo werdet ihr euch treffen?«

Anne lenkte Doras Gedanken auf praktische Überlegungen.

»Ich soll gegen acht Uhr zu einem Restaurant Isola Verde kommen, nur eine Straße von hier entfernt.«

»Wie, er holt dich nicht im Hotel ab?«

Anne glaubte nicht richtig gehört zu haben.

»Nein«, sagte Dora, die plötzlich gegen Tränen kämpfte, »er bat mich dorthin zu kommen, was soll ich machen?«

»Ganz ehrlich«, legte Anne jetzt los, »das gefällt mir gar nicht. Was fällt dem Kerl eigentlich ein! Womöglich verspätet er sich wegen dieses unaufschiebbaren Termins und lässt dich auch noch ewig warten. So geht's doch nicht.«

Sie dachte kurz nach, hörte Dora weinen.

»Pass auf«, sagte sie, »du gehst dahin, schaust dir den Burschen an, und zwar genau. Wenn er das ist, was ich gerade denke, dann hau ab, lass die Finger von ihm.«

Dora nickte, dachte nicht daran, dass Anne sie gar nicht sehen konnte.

»Was ist, hat es dir die Sprache verschlagen, sag doch was.«

Anne reagierte ziemlich ruppig auf Doras Hilflosigkeit.

»Aber ich kenne Emilio«, sagte Dora, »man kann doch nicht derart wunderbare Briefe schreiben und gleichzeitig ein Betrüger sein.«

Ihre Stimme klang, als käme sie aus Untiefen.

»Doch, das geht. Du hast keine Ahnung, was alles geht. Außerdem kennst du ihn nicht, nur seine Briefe. Aber gut,

denken wir vorerst noch positiv und geben ihm eine Chance.
Eine zweite ist nicht drin. Schau genau hin und gib mir morgen Bescheid. Du kannst mich auch noch heute Nacht anru-
fen, wenn du willst. Du weißt ja, ich bin immer für dich da.«

Sie legte auf.

Dora setzte sich aufs Bett. Die Nachtfahrt von München
nach Rom hatte sie, trotz der Ruhe im Schlafwagen, angestrengt. Erst gegen Morgen war sie in einen leichten Schlaf geraten, aus dem Emilios Anruf sie geweckt hatte. Die unerwar-
tete Mühe mit der anschließenden Taxisuche, vor allem der
enttäuschende Auftakt zu ihrem Liebesabenteuer, machten sie
schläfrig. Sie streifte sich die Schuhe ab und ließ sich fallen,
blieb liegen, ohne sich auszukleiden. Ihre Augen hingen im
Vergissmeinnichtblau des Himmels, der den Fensterrahmen
wie eine aufgespannte Leinwand füllte. Je länger Doras Blick
in diesem Blaubild versank, desto dunkler wurde dessen Farbe.
Wie aus weiter Ferne hörte sie unter den Sonnenschirmen der
Cafeteria das Lachen der Gäste, das in der Hitze des Nachmittags auf seinem Weg zu ihrem offenen Fenster dahinschmolz
wie Gelati in der Sonne. Sie schlief ein.

Als sie erwachte, fühlte sie sich benommen wie nach einer durchfeierten Nacht. Ihre Zunge klebte am Gaumen. Womöglich habe ich geschnarcht, fürchtete sie, bin vom eigenen
Schnarchen aufgewacht. Das wäre fatal. Lass es bitte nicht soweit kommen, bat sie sich selbst oder irgendein dafür verant-
wortliches Wesen. Sie war nassgeschwitzt, ihre Bluse klebte
an der Haut, einige Haare in ihrer Stirn. Sie setzte sich auf
und griff nach dem Smartphone. Gute zwei Stunden habe sie
geschlafen, meldete dieses, dazu keine weiteren Nachrichten.

Dora stand auf und schloss das Fenster. Sie zog sich aus
und ging ins Bad. Ein überraschend großer, luxuriös gestalteter
Raum, der den Zimmerpreis in gewisser Weise wieder recht-
fertigte, versöhnte sie mit den Unbilden ihrer Ankunft in der
Stadt. Sie stieg über den flachen Rand eines, mit graubraunen

Steinplatten gefassten Beckens und genoss den kräftigen Regen, der aus einer Schwallbrause auf sie niederfiel. Sie blickte auf ihre Füße. Das Wasser umspülte strudelnd ihre Zehen und brachte den roten Nagellack auf Hochglanz. Sie streckte ihre Arme in den Regen, dachte an die Mädchen vor dem Brunnen und ahmte ihre Gesten nach. Sie lächelte, öffnete den Mund und leckte Wasser, das von ihren Lippen rann. Sie beugte sich nach allen Seiten und genoss die sanfte Massage des warmen Wasserfalls.

Auf einer gemauerten Steinbank lagen exakt gefaltete flauschige Handtücher, deren dunkles Blau mit den sandfarbenen Wandfliesen harmonierte. Die Farbstimmung des Bades schien Elemente der Natur zu spiegeln. Dora dachte an Steine, Strand und Meer. Sie hüllte sich in ein großes Badetuch, rubbelte mit einem kleineren die Haare feucht-trocken und schlüpfte in ihre grünen Flip-Flops. Entspannt setzte sie sich ans Fenster und befragte ihr Smartphone, das sie auf dem Laufenden hielt. Sechzehn Uhr sei es inzwischen. Mit einer Mail grüßte Emilio seine Bella Dora, seine Dolce Amica, seine Principessa Miraculosa. Dora wurde es heiß, sie öffnete das Fenster, doch statt Kühlung schlug ihr die warme Luft des Nachmittags entgegen. Sie trank aus ihrer Wasserflasche und überlegte, wie sie die Zeit bis zum Abendessen verbringen wollte. Große Lust auf einen Spaziergang durch römische Gassen hatte sie nicht. Rom interessierte sie nicht, zumindest nicht jetzt. Solange sie nicht wusste, auf was sie sich hier und heute einließ, hatte sie keine weiteren Interessen, als erst einmal das herauszufinden. Der ernüchternde Nichtempfang ihres verliebten Briefpartners und Annes Skepsis vorhin bei ihrem Gespräch zeigten erste Wirkung. Sie gab Anne recht. Was wusste sie eigentlich von Emilio wirklich? Darüber hatte sie während der letzten sechs Monate und noch nicht einmal auf der Zugfahrt ernstlich nachgedacht. Sie kannte nur seine Briefe, in denen er einen herrlichen, gemeinsamen Lebensplan mit Dora entwarf.

Außerdem wolle er ihr endlich und von Angesicht zu Angesicht seine stetig wachsende Sehnsucht und Zuneigung beweisen, die er täglich intensiver verspüre. Emilio schrieb auch von seinen Gärten und dem Haus am Bolsena-See, von eigenen Pferden auf einem Gestüt und von Weinbergen im Chianti im Besitz seiner Familie.

Meine Familie ist eine sehr vermögende, fügte er in einem guten, doch etwas antiquiert klingenden Deutsch hinzu. Dass er ein Jahr in München studiert habe, erfuhr Dora bereits in seinem ersten Brief. Jura war es, und seine Arbeit als Anwalt sei auch der Grund, weshalb er die Bewirtschaftung seiner Gärten, »er meint wohl damit seine Güter«, belehrte Dora ihre Freundin, in zuverlässige Verwalterhände gelegt habe. Ihm selbst fehle leider die Zeit sich zu kümmern. Er lebe in seinem Appartement in Rom, unweit seiner Kanzlei, und leider besuche er viel zu wenig seine Mutter in der Villa am See. Nie schrieb er von einer Frau, weder von einer geschiedenen noch verstorbenen, auch Kinder erwähnte er nicht, nur so viel, dass er ihr, wenn sie sich träfen, sein ganzes Leben wie einen Blumenteppich zu Füßen legen wolle. Ein aufgeschlagenes Buch wolle er sein, in dem sie blättern könne, so oft sie es wünsche, und er wollte noch viel mehr. Auf einem seiner Pferde, einem Schimmel, reite er ihr entgegen, hebe sie auf das Pferd und galoppiere mit seiner Dora Principessa in eine goldene Zukunft. Davon jedenfalls träume er, und dies sei der schönste Traum seines Lebens.

»Du liebe Zeit«, hatte Anne gesagt, die jeden Brief Emilios zu lesen bekam, »ich weiß nicht, was ich davon halten soll. Das klingt alles so übertrieben, so märchenhaft, und ich kann mir ehrlich gesagt auch nicht vorstellen, dass ein Mann mit einem solchen Hintergrund es nötig hat, auf eine Partnerannonce zu antworten, und dabei so dick aufzutragen. Entschuldige, Dora, wenn ich das sage, aber dem müssten die Frauen doch in Scharen hinterherlaufen.«

»So einfach ist es aber trotzdem nicht, die Richtige zu finden. Was denkst du denn, warum ich die Idee mit der Annonce hatte. Ich hatte ja auch meine Chancen, oft mehr als mir lieb war, aber find erst mal den Menschen, der wirklich zu dir passt und dich ernst nimmt. Die meisten Männer, die sich für mich interessierten, liebten vor allem mein Äußeres und schmückten sich mit mir. Eine Zeitlang gefiel es mir, aber heute suche ich etwas anderes als Komplimente und Kurzzeitbeziehungen. Ich suche einen festen Platz in jemandes Leben. Ich möchte, dass sich jemand um mich kümmert, wenn es mir schlecht geht, dass ich einem Menschen sehr wichtig bin, nicht nur der Schönheit, sondern auch meiner Mängel wegen.«

Dora hatte noch nie so offen über ihre Wünsche gesprochen.

»Aber deine Mängel lieb ich doch ganz besonders an dir, hast du das denn nicht bemerkt? Deine Schönheit habe ich vermarktet, deine Mängel geliebt, was willst du mehr.«

»Ach Anne«, sagte Dora, »ist schon gut. Du weißt doch was ich meine, oder?«

»Lass dir endlich ein Foto schicken, das wenigstens Aufschluss über sein Äußeres gibt. Ist vielleicht doch nicht so unwichtig für eine Ästhetin, wie du eine bist«, riet Anne ihrer auf rosarot gepolten Freundin.

Natürlich besaß Emilio zu dieser Zeit schon längst ein Foto von Dora, das seine Begeisterung und seine Liebesbeteuerungen sprunghaft steigerte. Seine Traumfrau sei Dora, seine kühnsten Hoffnungen sah er erfüllt beim Anblick ihrer Erscheinung, und er könne es nicht erwarten, sie endlich zu begrüßen und in seine Arme zu schließen.

Emilio schickte auf Doras Bitte ein Foto in Postkartenformat, das einen attraktiven Fünfzigjährigen zeigte. Ein warmer Blick aus dunklen Augen, in denen von Scheinwerfern gesetzte Flämmchen glimmten, traf Dora schwer ins Herz. Eine gerade Nase über dem lächelnden, etwas schmallippigen Mund und das kräftige Kinn ließen an Marmorgemeißeltes aus der

Antike denken. Millimeterkurze schwarze Haare verrieten die begabte Hand eines Meisterfrisörs. Ein Portrait, erst vor wenigen Tagen in einem Fotoatelier aufgenommen, mit einer rückseitigen Widmung für seine wunderschöne Freundin, von ihrem im siebten Himmel schwebenden Emilio.

Dora gab Anne das Portrait zur Bewertung.

»Immerhin, ein Dolce-Vita-Jäger ist das nicht. Eher sieht er wie ein Wissenschaftler oder ein Schriftsteller aus, oder, wie soll ich es sagen, wie eine intelligente Person eben. Dass er das Haar so kurz trägt, spricht für praktisches Denken und dafür, dass er besseres zu tun hat, als sich Sorgen um sein Erscheinungsbild zu machen. Allerdings passte zum Inhalt seiner Briefe eher geöltes Lockenhaar, kragenlang.« Sie grinste vielsagend.

»Er sieht eben aus wie ein Anwalt und Punkt«, schnitt Dora Annes Überlegungen ab. Sie entwand ihr das Foto und schob es in einen kleinen Standrahmen.

Sie liebte Emilios Portrait, vor allem seinen Blick aus diesen alles zu verstehen scheinenden Augen. Er drang tief in ihr Inneres und weichte alle noch störenden Bedenken und Zweifel, die sie anfangs gegen die Beteuerungen ihres neuen Freundes in verzagten Momenten durchaus gehegt hatte, vollkommen auf. Annes immer wiederkehrende Ermahnungen, einen kühlen Kopf zu behalten und auf dieses oder jenes besonders zu achten, ärgerten sie mit der Zeit. Sie wollte diese Ratschläge nicht mehr hören und beschloss, ihr keine weiteren Briefe zu zeigen. Stattdessen gab sie endlich Emilios Drängen nach und begann in aller Heimlichkeit die Reise zu planen.

»Ich fahre übermorgen nach Rom«, hatte sie ihr kurzfristig mitgeteilt.

»Ach du großer Gott«, sagte Anne und verdrehte verzweifelt die Augen.

Die beiden Frauen kannten sich schon lange. Vor dreißig Jahren trafen sie sich zufällig in einer Modelagentur, die neue

Gesichter für einen Versandkatalog suchte. Sie bekamen beide
einen Job, Anne als Assistentin der Agenturchefin, die ihr Or-
ganisationstalent bereits beim Vorstellungsgespräch erkannte, Dora wurde in die Kartei aufgenommen und von Anne
bevorzugt gebucht. Doras Gesicht tauchte von da an regelmäßig im dicken Jahreskatalog eines großen Versandhauses
auf. Es lächelte unter Duschhauben, freute sich über neuarti-
ge Backformen, die Dora liebevoll in den Händen hielt. Eine
Ganzkörper-Dora stemmte die Hand in die Hüfte und pries
einen hochwertigen Staubsauger, auf dessen weinrot glänzen-
dem Gehäuse ihr Fuß in lockerer Haltung ruhte, wie der Fuß
eines Jägers auf seinem erlegten Wild. Dora kam gut an. Ihr
sympathisches Lächeln gefiel auch jenen Frauen, die weniger
mit Schönheit als mit anderen Vorzügen gesegnet waren. Die
Agentur war überrascht von Doras Verkaufsquote und schloss
daraus, sie unterstütze insgeheim die Vorstellung vieler Kun-
dinnen, durch den Kauf dieser Backform oder jenes Saugers
die Ausstrahlung des Models gratis mit zu erwerben.

Dora war schön, doch nicht auffallend. Ihre Schönheit war
mehr ein Fall für den zweiten Blick. Diese Frau erinnert mich
an jemand, ich muss sie schon einmal gesehen haben, dachten viele, die ihr zum ersten Mal begegneten. Alles an ihr war
wohlgeformt, von der Zehe bis zum Scheitel. Nichts störte. In
Annes Augen war Dora der leibhaftige Entwurf für die end-
gültig perfekte Form, die jedem Menschen als Gratisgeschenk
bei seinem Eintritt ins Leben zustünde, eine Aufgabe an die
Natur, die dieser nicht gerade zuverlässig nachkam. Warum
konnte die Natur so ungerecht produzieren, wenn es ihr nach-
weislich immer wieder gelang, beste Arbeit abzuliefern? War
sie manchmal uninteressiert, schlampig, faul, an anderen Tagen wieder bestens motiviert?

Anne stellte sich diese Fragen, wenn sie junge Mädchen
auf ihre Modeltauglichkeit prüfte und wegen einer zu großen
Nase, eines zu kurzen Halses oder eines vorstehenden Kinns

wegschicken musste. Hatten sie ein schönes Gesicht, waren
oft die Beine nicht schlank oder lang genug. Selten stand vor
ihr eine so perfekt schöne Frau, wie Dora es war. Ein zierli-
cher, wie mit Lineal gezogener Nasenrücken entschied sich
an seiner Spitze für einen kaum erkennbaren Schwung nach
oben. Ihre Lippen hielten sich an ein Mittelmaß. Sie waren
weder zu schmal, noch zu voll, besaßen aber die Eigenart, in
den Mundwinkeln die Nasenspitze nachzuahmen. Zwei kleine Aufwärtshäkchen täuschten ein immerwährendes Lächeln
vor, auch dann, wenn es Dora eher nach Weinen zumute war.
Ein schmaler Hals brachte zarten Schmuck zum Strahlen,
zierliche Ohren verwandelten zierlich geschmiedetes Gold in
eine begehrenswerte Ware, und ein Kornblumenkranz in ihrem honigfarbenen Haar brachte einer Fluggesellschaft einen
deutlichen Anstieg von Buchungen ins Baltikum. Anne behauptete, Dora sei eine wahre Naturschönheit, passe auf einen
Biolandhof mit Eierschachtel in der Hand ebenso wie in ein
Strickwarengeschäft, wäre als faustisches Gretchen so gut wie
als eine Heilige auf dem Schafott.

»Dich kann ich überall einsetzen, es passt immer.«

Die Geschäfte liefen gut. Die Agentur profitierte bis zu
dem Tag, als Dora über eine ausgeschäumte Rutsche ihr not-
gelandetes Flugzeug verlassen musste, das beim Anflug Feuer
gefangen hatte. Danach weigerte sie sich zu fliegen und lehnte
Aufträge, die das erforderten, kategorisch ab. Doras Marktwert sank zudem fast zeitgleich dramatisch, und so verstand
sie den Rutsch aus dem Flugzeug auch als eine Beförderung in
das berufliche Aus. Anne, die inzwischen die Agentur leitete,
bot ihr eine Teilhaberschaft an. Sie arbeiteten jetzt zusammen,
waren erfolgreich, doch Dora geriet in eine Lebenskrise. Die
Notlandung mit dem Flieger veränderte sie.

Die beiden Frauen lebten in getrennten Wohnungen,
pflegten unterschiedliche Freundeskreise, die sich auf Festen
und Partys gelegentlich tangierten. Am Wochenende gingen

sie manchmal zusammen wandern oder besuchten Ausstellungen, die Gegenwartskunst präsentierten. Anne besaß einige zeitgenössische Bilder, hatte ihre Sammelleidenschaft für moderne Kunst entdeckt. Auf Vernissagen wurde sie zu einer der mutigsten Käuferinnen, versicherte sich jedoch stets Doras Urteil. Die beiden hatten keine Geheimnisse voreinander, besprachen Privates so gut wie Berufliches, und es schien, als wären sie gleichermaßen mit diesem Leben zufrieden und könnten sich auch in Zukunft kein besseres vorstellen.

Trotz allem sah sich Dora zunehmend in einer lähmenden Lebenswarteschleife. Vieles, was sie tat, erschien ihr plötzlich sinnlos, vor allem das Auswahlverfahren bei der Suche nach neuen Gesichtern. Manchmal kam es ihr so vor, als handele sie mit Menschen, verkaufe Schönheit zu einem sehr hohen Preis, von dem vor allem ihre Agentur und sie selbst profitierte. Mädchen, die sich bei ihr mit einer gut gestalteten Portraitserie vorstellten, hätte sie inzwischen am liebsten vor dem Modelberuf gewarnt. Sie dachte dabei an ihr eigenes Leben, das sie in Fotoateliers, Hotelzimmern, in Flugzeugen und immer zwischen gepackten oder noch zu packenden Koffern geführt hatte. Der Wert eines solchen Lebens schien ihr mit einer hochgehandelten, dann rasch zerfallenden Aktie an der Börse vergleichbar. Nichts würde von diesem Leben bleiben außer einigen Fotografien. Models verlieren ihren Marktwert so schnell wie teure Neuwagen, die ständig durch Nachfolgemodelle ersetzt werden, dachte sie. Dora selbst konnte zwar recht lange ihren Status halten, geriet aber mit der Zeit zunehmend in die Sparte für Gesundheitsartikel und Biokost. Sie hatte auch nie einen Laufsteg erklommen und war daher etwas langlebiger vermittelbar gewesen. Jetzt kam es ihr vor, als habe sie ihr Leben leichtfertig verschenkt wie etwas, dessen Wert erst im Verlust erkennbar wird, weil sie es nicht genauer betrachtet hatte. Sie sah in hoffnungsvolle junge Gesichter, die von einer Laufstegkarriere träumten, und brachte es nicht fertig, sie zu enttäuschen.

»Lass deine Fotos hier«, sagte sie, »wir melden uns bei Bedarf bei dir.«

In den meisten Fällen kam es zu keinem weiteren Kontakt zwischen ihr und den Mädchen. Nur wenige Gesichter waren interessant und ließen sich erfolgreich vermitteln. An ihrem letzten Geburtstag, während einer turbulenten Party, die Anne für sie ausgerichtet hatte, beschloss Dora, ihrem Leben eine andere Richtung zu geben. Sie setzte eine Annonce in die Zeitung, die sie Anne erst bei ihrem Erscheinen offenbarte. Anne las und glaubte nicht, was Dora sich in wenigen Zeilen erträumte. Auf Mittelachse gesetzt, zur besseren Lesbarkeit in größerem Schriftgrad als dem üblichen, hatte Dora ihren Lebenswunsch formuliert.

Außergewöhnliche Frau
sucht außergewöhnlichen Mann.
Wenn Du glaubst, Du kannst mich überraschen,
dann lass es mich wissen.
Ich liebe das Besondere in Literatur und Musik,
auf Reisen und an Dir.
Soeben feierte ich meinen 49. Geburtstag.
Den nächsten möchte ich gerne mit dir verbringen.

Anne war schockiert. Es verletzte sie, dass Dora sie nicht in ihren Plan eingeweiht hatte. Jahrelang war sie ihre Berufs-, ja ihre Lebensplanerin gewesen. Mit einem Mal traf ihre Freundin eine selbständige Entscheidung, auch noch von derart existentieller Tragweite. Aufgeregt verfolgte sie das Angebot an Zuschriften, die zahlreich in Doras Briefkasten landeten, und die diese nun gerne wieder mit Anne besprach, auf Hilfe hoffend in der Einschätzung der verschiedensten Selbstdarstellungen. Brief um Brief legten sie beiseite. Zweimal traf sich Dora mit Kandidaten, die ihre Neugierde geweckt hatten. Beide Male kam sie vorzeitig von der Verabredung zurück,

rief Anne an und sagte, ein Bierbauch ginge gar nicht, braune
Socken in Sandalen und kurze Hosen auch nicht. Grundsätzlich seien die Herren aber sehr nett gewesen, Blumen habe
sie auch bekommen, aber nein, überraschend war gar nichts
und nichts für die Dauer eines Lebens. Allmählich blieben die
Zuschriften aus und Anne hoffte, es möge alles so bleiben, wie
es bisher gewesen war.

Doch das tat es nicht. Lange, nachdem das letzte Bewer-
berschreiben im Papierkorb gelandet war, traf ein Brief aus
Rom ein. Der Schreiber, ein gewisser Emilio Cattini, könne
sich zwar nach ihrer außergewöhnlich formulierten Annonce
kaum vorstellen, dass er nach so langer Zeit noch eine Chance
auf Anhörung haben dürfe, doch wolle er nichts unversucht
lassen, sie dennoch zu erhalten. Dora gefiel es, wie der Mann
aufmerksam ihren Begriff außergewöhnlich ins Spiel brachte,
statt sich selbst mit diesem Attribut zu schmücken. Seine Aufmerksamkeit galt allein ihr und ihrer intelligent formulierten
Anzeige. Diese habe er erst vor einigen Tagen und hoffentlich
nicht zu spät in einer deutschen Zeitung bei seinem Frisör entdeckt, der, zum Glück für ihn, versäumt habe, genau diese mit
einer aktuellen auszutauschen, was er sonst regelmäßig besorge. Er erkenne darin einen Wink des Schicksals und hoffe auf
eine wie immer geartete Antwort, da er sich schon glücklich
schätze, eine solche zu bekommen.

Dora war von diesen Zeilen berührt wie von keiner der
unzähligen, die sie bislang erhalten hatte. Anne erzählte sie
nichts von diesem verspäteten Brief, ein unbestimmtes Gefühl
hielt sie zurück. In diesem Fall wollte sie keine Beurteilung
ihrer Freundin hören, die, das hatte sie inzwischen bemerkt,
dabei mehr ihre eigenen Interessen im Auge hatte als die von
Dora. Stattdessen schrieb sie diesem Emilio in Rom einen ersten Brief. Weitere folgten, und irgendwann erfuhr Anne von
ihrer Freundin, sie habe wohl den Mann ihres Lebens gefunden. Dora zeigte ihr endlich Emilios Briefe.

Dora stand auf und schaute hinunter auf den kleinen Platz.
Die Jugendlichen waren inzwischen längst um die Ecke gezogen, zwei Mütter hielten ihre kleinen Mädchen über den
Brunnenrand, die ihre Hände im Wasserstrahl kühlten. Die
Kinder kreischten vor Vergnügen. Ihre Mütter unterhielten
sich dabei in einem Wortschwall, dessen Lautstärke dem Kreischen ihrer Töchter nicht nachstand. In der Cafeteria wurden
unter den gelben Sonnenschirmen die ersten Pizzen des Tages
serviert. Es war inzwischen Abend geworden, Doras Smartphone meldete 18 Uhr 15. Mit Emilio war sie um zwanzig Uhr
verabredet, sie hatte genügend Zeit sich anzukleiden. Trotzdem wurde sie plötzlich nervös. Noch eine gute Stunde trennte sie von einem Mann, den sie noch nie gesehen, der ihr in
den vergangenen Monaten zum Lebensinhalt und wie sonst
nichts auf der Welt wichtig geworden war. Seine Briefe hatten
ihr ein neues Selbstwertgefühl beschert, das sie weder durch
Anerkennung ihrer Arbeit als Model, noch im Bewusstsein ihrer Schönheit gefunden hatte. Fast süchtig nach ihnen, hatte
sie ungeduldig auf diese gewartet und sich endlos Zeit für ihre
Briefe an ihn genommen. Sie hatte ihre Freunde vernachläs-
sigt, sich nach der Arbeit in der Agentur daheim vergraben,
Annes Wochenendplanungen ignoriert.

»Sie kommt schon wieder auf den Boden«, sagten sich ihre
Freunde und warteten ab.

Dora schlüpfte in die weiße Leinenhose und betonte ihre
schmale Taille mit einem tintenblauen Gürtel. An diesem ersten Abend entschied sie sich für eine der beiden Blusen mit
Rückenausschnitt, wollte es erst einmal dezent angehen und
nicht zu viel wagen. Ihr schweres, dunkelblondes Haar endete
knapp über der Schulter und wurde von einem bernsteinfarbe-
nen Haarreif aus der Stirn gehalten. Auf dunkelblauen Sandaletten verließ sie ihr Hotel und suchte den Weg in die Straße,
die Emilio ihr genannt hatte. Weit musste sie nicht gehen, erste Seitenstraße links, die nächste Kreuzung überqueren, we-

nige Schritte bis zur Abbiegung rechts in die Via Longa. Das
Restaurant Isola Verde sähe sie schon von weitem und könne
es nicht verfehlen.

Dora ging langsamer, sie war zu früh aufgebrochen und
wollte auf keinen Fall vor Emilio eintreffen. Sie bog in eine
Seitengasse ein, blickte in Schaufenster kleiner Geschäfte und
betrat eine Galerie, die mit weit offenstehender Tür zur gerade
eröffneten Vernissage einlud. Sie besah sich große, abstrak-
te Farbkompositionen, dachte kurz an Anne und griff gerne
nach einem ausgelegten Prospekt über Ausstellungspläne und
die derzeit stattfindende Präsentation. Der Künstler war anwe-
send. Er unterhielt sich gestenreich mit einer jungen Frau, hielt
ein Sektglas in der Hand und strich sich mit der anderen Hand
immer wieder dünne lange Haarsträhnen aus dem Gesicht.
Für Dora wurde es Zeit. Ihr Herz klopfte einen wilden Takt,
als sie auf Emilios Restaurant zuging. Die Isola Verde machte
nicht den Eindruck eines noblen Gourmettempels, eher einer
bodenständigen Locanda, in der Einheimische ihre Lieblings-
gerichte auf der Speisenkarte wiederfanden, die ihnen schon
ihre Mutter gekocht hatte.

Dora betrat den Gastraum, der erstaunlicherweise für diese
Zeit des Abends nicht überfüllt war. An einigen Tischen speis-
ten Familien mit Kindern. Gesittet saßen diese zwischen Oma
und Opa, Mama und Papa, oder zwischen Onkeln und Tanten,
bei kleinen Familienfesten, die es anscheinend zu feiern gab.
Auf den Tischen standen, obwohl es noch hell war, leuchten-
de Windlichter, die den Gästen einen stimmungsvollen Abend
versprachen. In einer Ecke, abseits der Feiernden, saß ein Mann
allein an einem Tisch. Dora sah ihn und wusste, es war Emilio.
Sie erkannte ihn, und er erkannte sie. Er hob den Arm und gab
ihr ein Willkommenszeichen. Sein Lächeln war das Lächeln auf
dem Foto, sein schönes Gesicht war es ebenso. Er schien groß
gewachsen, noch sitzend verriet er eine stattliche Körpergröße.
Er stand jedoch nicht auf, um Dora zu begrüßen, wie sie es er-

wartet hatte. Er winkte sie zu sich her. Dora ging, irritiert durch
sein Verhalten, zögernd auf ihn zu, und dann sah sie es. Emilio
konnte gar nicht aufstehen, Emilio saß in einem Rollstuhl.

»Bitte, setzt dich doch«, sagte der Mann im Rollstuhl und
wies mit einladender Geste auf den freien Stuhl, dem seinen
gegenüber. Gleichzeitig eilte ein Kellner herbei und bat Dora
mit einer leichten Verbeugung Platz zu nehmen.

»Per favore, Signora, willkommen in unserem Haus.«

Dora setzte sich unter den besorgten Blicken des Kellners,
der, als er sie angenehm versorgt glaubte, das kleine Windlicht
blitzschnell mit einem winzigen Feuerzeug in Brand setzte.

»Alles zu Ihrer Zufriedenheit, Dottore Cattini?«

»Alles bestens«, versicherte Emilio und bestellte als erstes
Getränk eine Flasche Mineralwasser.

Er sah Dora an, die noch kein einziges Wort gesprochen
hatte. Er nahm ihre Hände und küsste jede einzelne derart
vorsichtig, als könnten sie unter der Berührung zerbrechen.
Dann legte er sie ebenso sorgsam auf den Tisch und strich nur
mit seinen Fingerspitzen über sie, wie über stilles Wasser in
einem Brunnenbecken, das er nicht in Aufruhr bringen wollte.

Emilio tat, als bemerke er nichts von Doras Verwirrung. Er
entschuldigte sich wegen seiner Terminschwierigkeit. Er habe
einen überraschend anberaumten Verhandlungstermin nicht
verschieben können. Für die kommenden Tage habe er sich
jedoch frei genommen, um vollkommen für sie da zu sein. Er
schaute sie an. Sein Blick glich dem eines Archäologen, der
nach jahrelanger Suche auf einen unerwarteten Fund gesto-
ßen war, auf den Fund seines Lebens, der ihn für alle ausgestandenen Mühen reichlich entschädigte. Dann sorgte er sich
um Doras Unterbringung in diesem Hotel, das er ihr nicht unbedingt empfohlen hätte, doch müsse es ja nicht so bleiben,
darauf hoffe er natürlich.

Dora erwiderte, es waren ihre ersten Worte, das Hotel sei
in Ordnung. Es klang, als sage sie, wenigstens ist das Hotel

in Ordnung, alles andere ist es nicht. In ihrem Kopf ratterte inzwischen eine Säge. Sie wusste in diesem Augenblick, dass die Beziehung für sie schon beendet war, noch ehe sie richtig begonnen hatte. Ein Mann im Rollstuhl, das ginge gar nicht, das ginge noch weniger als Bierbauch oder braune Socken in Sandalen. Sie hatte sich kein Leben an der Seite eines Rollstuhlfahrers vorgestellt, der sie zudem in dieser Sache belogen hatte. Das heißt, er hatte seinen Zustand verschwiegen, und das war genauso schlimm und machte sie wütend. Trotzdem schenkte sie Emilio ein unbeabsichtigt freundliches Lächeln, das vor allem seiner Behinderung galt. Behinderten Menschen, vor allem Kindern, begegnete sie mit dem größten Respekt, begleitet von Mitleid, das sie streng zu verbergen versuchte. Auch Emilio erregte ihr Mitleid. Er tat ihr leid, weil er zu einer Hinterlist gegriffen hatte, um sie hierher zu locken. Ein Betrüger, nein, das war er nicht, eher ein armer Hund, der sein Glück auf krummen Wegen finden will. Wenn sie es recht überlegte, war es nicht so sehr der Rollstuhl, der sie störte, sondern Emilios Verschweigen seiner Situation.

Emilio empfahl Dora nach Kennerart ein Fischmenü. Ihr war es völlig egal, was sie jetzt essen würde. Sie sagte, sie esse gerne Fisch und verlasse sich ganz auf seinen Geschmack. Emilio verkostete den Weißwein, der Kellner wartete interessiert auf sein Urteil, und Emilio nickte anerkennend, der Wein sei hervorragend. Der Kellner verbeugte sich. Wenn der Dottore das sage, müsse es ein ganz besonderer Tropfen sein.

Dora dachte an den Blumenteppich, den er vor ihr auslegen und an das offene Buch, das er für sie sein wollte. Die Säge im Kopf ratterte immer lauter und zerstückelte jeden klaren Gedanken, den sie fassen wollte. Plötzlich saß sie wieder in einem brennenden Flugzeug und glitt in einer aufgeschäumten Rutsche zu Boden. Krampfartig hielt sie sich an den Armlehnen ihres Stuhles fest, um nicht so hart aufzuschlagen, als sie Emilios Stimme hörte.

»Es war ein Unfall«, sagte diese.

Dora war gelandet, die Säge schwieg.

»Warum hast du mir nichts davon geschrieben«, sagte sie ruhig, »ich verstehe das nicht.«

»Ich glaubte, es schrecke dich davor ab, hierher zu kommen. Außerdem wolltest du doch überrascht werden. Deine Annonce, du weißt ja, wie hieß es da noch, wenn du glaubst, du kannst mich überraschen, dann lass es mich wissen. Das habe ich getan.«

Doras Blick wurde weicher. Insgeheim gab sie Emilio recht, denn seine Überraschung war ihm ja gelungen, aber sie hatte natürlich an Erfreulicheres gedacht.

Der Kellner trug den Fisch auf, es war eine Platte für zwei. Emilio übernahm sofort die professionelle Zerlegung einer großen Süßwasserforelle. Er öffnete sie mit geübtem Schnitt und klappte sie auf, trennte Filetstücke von den Gräten und legte sie Dora vor. Mediterranes Gemüse runde das Gaumenerlebnis ab, wusste Emilio und empfahl damit die optisch sorgfältig dekorierte Gemüsepfanne. Dora griff nach gebratenen Auberginen und frittierten Zucchinischeiben. Der Fisch schmeckte hervorragend, das Gemüse ebenso. Emilio hob sein Glas.

»Lass uns auf deine Ankunft und die kommenden Tage trinken.«

Weiter wagte er offensichtlich nicht in die Zukunft sehen. Dora trank Wein und geriet in eine angenehmere Stimmung, in der sie nicht mehr an den Schock der vorhergehenden halben Stunde dachte. Der Rollstuhl war nicht mehr so wichtig, der Mann, der vor ihr saß, ließ ihn auf geheimnisvolle Art verschwinden. Er war neugierig. Alles wollte er von Dora wissen, von was sie träume, welche Filme, welche Musik, welche Bücher, welche Bilder sie liebe, als habe ihm Dora nie in ihren Briefen davon erzählt. Sie sprach von ihrem Vater, ihrer Mutter, beschrieb die kleine Dora, die in keinen Kindergarten gehen wollte, sich aber schließlich unter Protest dem mütterli-

chen Willen unterwarf. Sie erzählte von ihrer Entdeckung als
Model, von Anne, beschrieb ihr Münchner Appartement. Emilio war es wichtig zu erfahren, ob ihr Bett an einer Innen- oder
Außenwand stünde, ob sie mit kalkhaltigem Wasser kämpfe
oder weiches aus den Leitungen fließe, ob sie angenehme
Nachbarn habe oder sich ärgern müsse. Jedes Detail ihres Lebens war ihm wichtig. Dora sprach von sich, wie sie es noch
nie zuvor getan hatte. Als der Kellner Espresso servierte, schlug
Emilio vor, sie noch zum Hotel zu begleiten. Morgen wolle er
sie, wenn sie es erlaube, in die Albaner Berge entführen.

Emilio beherrschte seinen Rollstuhl, wie ein Radrennfah-
rer sein Spezialrad. An eine Behinderung konnte Dora nicht
im mindesten mehr denken, als sie Emilio mit seinem Gefährt
hantieren sah, eher an eine neue Disziplin für die Olympia-
de, die nun mal den Gebrauch eines Rollstuhls vorschreibe,
wie etwa Biathlon den der Waffe. Völlig entspannt tänzelte sie
auf ihren blauen Sandaletten neben Emilios Leichtfahrzeug,
das, von einem preisgekrönten Designer entworfen, mit einem
handelsüblichen Rollstuhl nur noch Räder als gemeinsames
Merkmal aufwies. Emilio machte Faxen, jonglierte auf seinen
Rädern, bis Dora aufschrie, weil sie glaubte, er kippe nach hinten und fiele auf den Rücken. Er lachte, es gefiel ihm, dass sie
sich seinetwegen ängstigte.

Sie verabschiedeten sich voneinander vor dem Hotel. Emilio wolle sie um zehn Uhr am nächsten Morgen hier abholen,
sie möge heute Nacht gut schlafen, sich von Unvorhergesehe-
nem des Tages erholen und vielleicht ein bisschen an ihn denken, wenn er sich trotz der nicht so erfreulichen Überraschung
etwas von ihr wünschen dürfe. Er sei sehr glücklich, sie hier
in Rom zu wissen. Er hielt ihre Hand länger, als Dora dies gewohnt war, und drehte eine Abschiedsrunde um den Brunnen
mit mehrmals um die eigene Achse kreiselndem Rollstuhl,
winkte und fuhr davon. Sie hätte nie geglaubt, dass ein Roll-
stuhlfahrer so schnell aus den Augen verschwinden könne.

In ihrem Zimmer stand noch die Hitze des Tages. Sie öffnete das Fenster und atmete die kühler werdende Luft der Nacht, horchte auf das schwache Plätschern des Wasserstrahls, der jetzt noch müder nach oben stieg als am Tag. Sie befragte ihr Smartphone. Anne hatte angerufen. Anscheinend wartete sie auf einen detailreichen Bericht und konnte womöglich aus neugieriger Sorge nicht schlafen. Dora erwog einen Rückruf, zögerte, stellte sich vor, wie sie Anne Rede und Antwort stehen, ihre strenge Fragerei ertragen, ihre Bedenken sofort hätte teilen müssen. Sie hatte jetzt dazu keine Lust und wollte auf keinen Fall eine Analyse ihres ohnehin verwirrenden Abends riskieren. Sie schaltete ihr Smartphone aus und ging ins Bad.

Einschlafen konnte sie nicht. Eines der drei neuen spinnwebzarten Nachthemden lag zwar angenehm kühl auf ihrer Haut, doch die Eindrücke des Abends umso heißer auf ihrer Seele.

Was war geschehen?

Dieser Mann, hatte er sie nicht getäuscht, in all den Monaten, in denen er ihr schrieb? Belogen hatte er sie nicht, das musste sie zugeben, doch Wesentliches verschwiegen. Allerdings hatte sie ihn auch nie nach seiner Gesundheit befragt, noch weniger nach Handicaps. Auf eine solche Idee wäre sie auch niemals gekommen. Nein, er hatte es geschafft, ein wichtiges Detail seiner Verfasstheit auszuklammern, womöglich auch vor sich selbst, in einer Art Selbstverleugnung als Überlebensstrategie. Sie dachte an die blumige Sprache seiner Briefe, die so gar nicht zu dem Mann passen wollte, der heute vor ihr gesessen war. Er hatte sich als intelligenter, disziplinierter Mensch entpuppt, und nicht als der schwärmerische Träumer dieser Briefe. Behinderung schien für ihn kein Thema zu sein. Tat er nicht den ganzen Abend so, als gäbe es diese nicht? Ich bin gelähmt, aber wo, bitte, ist das Problem? Ich bin nicht behindert, sondern Anwalt, ich bewege mich auf der Straße wie der Fisch im Wasser, fahre Auto, natürlich, gleich morgen zeig ich dir die Albaner Berge.

Dora schwankte zwischen Bewunderung und Empörung.
Fast ängstlich beobachtete sie eine Verschiebung ihrer Wahr-
nehmung zu Gunsten dieser Leichtigkeit des Seins, der Emilio
anscheinend frönte. Alles ist machbar, ich muss es nur wollen.
Sie nahm es ihm jedoch übel, dass er sie in eine Situation ge-
zwungen hatte, in die sie niemals hatte geraten wollen. Sie hing
bereits an seinem Haken, sah Probleme sich zu befreien, nicht,
weil es nicht möglich wäre, sondern weil sie sich dem Mann,
der ihr dies angetan hatte, schon seit langem sehr nahe fühlte.

Was sollte sie tun? Den morgigen Tag einfach genießen,
danach Lebewohl sagen, und man könne doch gute Freunde
bleiben? Sollte sie Emilios Leben genauer unter die Lupe nehmen und eine Entscheidung erst nach Abwägung aller Vor-
und Nachteile, aller sich ergebender Schwierigkeiten in einer
ernsthaften Beziehung treffen? Oder sollte sie einfach abwarten, was der Tag morgen bringen würde und den Dingen ihren
Lauf lassen, mehr dem Gefühl vertrauen als dem Verstand?
Dora entschloss sich zu gar nichts außer, erst einmal zu schlafen, was ihr schließlich innerhalb weniger Minuten gelang.

Das Frühstück wurde in der Cafeteria serviert. Dora setzte sich
unter einen der gelben Sonnenschirme und genoss das träge
Dasein eines Gastes. Es war kurz nach neun Uhr, sie wollte
in Ruhe frühstücken und hatte dazu ihr Smartphone deakti-
viert. Anne sollte sie jetzt nicht bei ihrer ersten Tasse Kaffee
stören. Emilio wusste, wo sie zu finden war, auch von ihm
schätzte sie gerade weder eine Absage noch eine morgendli-
che Liebesmail. Sie trug ihren geblümten Rock und eines jener
Oberteile, die nur wenige Frauen, nach Meinung der jungen
Schwabinger Verkäuferin, in Doras Alter noch tragen konnten. Ihr volles Haar schimmerte rotgolden unter dem gelben
Schirm, ein weißer Seidenschal entschärfte den abgründigen
Ausschnitt der jadegrünen Bluse. Dora zog Blicke auf sich. Ein
älterer und ein jüngerer Mann, an verschiedenen Tischen sit-

zend, beobachteten mit Interesse diese schöne, vielleicht alleinlebende Frau. Diese wiederum folgte mit den Augen zwei älteren Nonnen, die ihre Hände im Brunnen wuschen. Sie bespritzten sich zaghaft und lachten fröhlich. Einige Frauen kamen mit vollen Taschen von einem Gemüsemarkt, auf dem sie in aller Frühe wohl die beste Auswahl hatten treffen wollen. Ruhig war es auf dem kleinen Platz. Die Kinder saßen in Schulen, der Arbeitstag hatte begonnen, und Touristen fanden keinen Weg in dieses kleine römische Versteck, das Dora inzwischen als das ihre betrachtete. Hier könnte sie leben, inmitten einer aufregenden lauten Stadt, doch abgetaucht in einem ihrer zauberhaftesten Hinterhöfe, die nur die Einheimischen kennen und lieben.

Emilio fuhr in einem zitronengelben Ferrari vor, einem Zweisitzer mit offenem Verdeck. An Stelle der Rücksitze fand ein Rollstuhl seinen gut berechneten Platz. Dieser war ein anderer als der gestrige, er war so gelb wie das Auto, Emilios Poloshirt ebenso. Dora wollte nicht glauben, was sie sah. Unter den ebenfalls gelben Sonnenschirmen gab es Bewegung, Stühle wurden gerückt, die beiden Herren richteten sich auf, um besser zu sehen. Auch andere Gäste drehten die Köpfe nach Emilios Fahrzeug, der Wirt kam aus der Tür, um sich den Ferrari anzuschauen. Schnell kam er mit Emilio ins Gespräch über technische Details der Sonderausführung. Anstelle einer wortreichen Begrüßung öffnete Emilio die Tür des Beifahrersitzes. Doras Hotelwirt verabschiedete sich von ihr mit Handschlag und eindeutiger Bewunderung. Vermutlich glaubte er, einen inkognito reisenden Star unter seinem Dach zu beherbergen und nichts davon gewusst zu haben. Er sah dem Wagen hinterher und schüttelte ahnungsvoll den Kopf. Er nahm sich vor, Doras Anmeldung noch einmal aufmerksam zu studieren.

Emilio fuhr im Schritttempo durch die enge Gasse, in der nicht nur das Hotel, sondern kleine Geschäfte für mittlerweile regen Fußgängerverkehr sorgten. Kinder einer Kitagruppe ka-

men mit drei Betreuerinnen auf dem Gehsteig im Trödelgang
daher. Emilio suchte einen Sicherheitsabstand zu den Kleinen,
indem er den Wagen in die Mitte der schmalen Straße lenkte.
Die Kinder blieben nun auch noch stehen und winkten, die
Begleiterinnen schoben lachend ihre kleine Schar einige Meter weiter.

»Wir wollen doch zum Brunnen gehen«, sagte die Frau am
Ende der Prozession, »da müssen wir schon tüchtig laufen.«

Dora blickte zurück, sah, wie die Kinder auf ihren kleinen
Beinen gemächlich weitertappten. Gerne hätte sie gesehen,
wie sie zum Brunnen stürmten, um ihre Händchen ins Wasser zu tauchen. Aber Emilio bog jetzt in die Querstraße ein
und fuhr auf eine rotgeschaltete Ampel zu. Er hatte noch kein
Wort gesprochen, legte aber während der kurzen Wartezeit
seine rechte Hand an ihre Schulter. Er genoss es, in Augenhö-
he neben dieser schönen Frau zu sitzen und nicht wie so oft zu
jemand aufblicken zu müssen. Schweigend und fast blindlings
fuhr er durch den hektischer werdenden Verkehr der Innen-
stadt, bediente seinen Ferrari mit Handgas und Handbremse,
beschränkte sich auf Einzelworte wie Kolosseum oder Late-
ranpalast, römische Attraktionen, denen er im Vorbeifahren
eine schnelle Drehung des Kopfes widmete, der Dora mit den
Augen folgte. Er nahm die Via Appia Nuova, die auf direktem
Weg aus der Stadt und in die Albaner Berge führte. Nachdem
sie den Vorortgürtel und einige Industriezonen passiert hatten, bekamen sie endlich einen freieren Blick ins ansteigende
Hügelland. Emilio sagte einen ersten, vollständigen Satz.

»Heute bist du dran, was möchtest du von mir wissen?«

Dora erschrak über seine fordernde Anrede, dann fiel ihr
ein, dass sie neben einem Anwalt saß, der es anscheinend gewohnt war, schnell auf den Punkt zu kommen. Sie hatte Emilios Schweigen als sehr angenehm empfunden, es gab ihr Zeit,
sich innerlich einzurichten. Als er seine Hand an ihre Schulter legte, nur eine Rotphase lang vor dieser Ampel, spürte sie,

wie der Haken, an dem sie sich hängen sah, wieder ein kleines Stück tiefer in ihr Empfinden schnitt. Darüber musste sie nachdenken, und die Stille zwischen ihnen hatte ihr gut getan.

»Ja«, sagte sie, »dann interessiert mich als erstes deine Vorliebe für gelb.«

Emilio lachte laut und anhaltend, diese Frage hatte er nicht erwartet. Er sah sie an.

»Du bist einmalig, weißt du.«

Er wurde ernst, meinte, es sei eine interessante Frage und die Antwort sehr einfach.

»Es hat mit meiner Mutter zu tun.«

Einen Augenblick lang konzentrierte er sich auf den Gegenverkehr, entschärfte ein Überholmanöver durch gekonntes Bremsen, dann war er wieder ganz der ihre.

»Ich kleide mich außerhalb meines Berufs betont lässig und wähle fröhliche Farben, das ist gut für mich, aber vor allem für meine Mutter. Ich hatte vor zwanzig Jahren diesen Unfall, auf eben dieser Straße fuhr ein schwer alkoholisierter Mann frontal in unser Auto. Beatrice, meine Frau, war sofort tot. Ich lag wochenlang im Koma, war anschließend gelähmt. Nach einer tiefen Krise beschloss ich zu wählen, Leben oder Tod, dazwischen gab es nichts. Ich entschied mich zu leben, und das mit allen Sinnen. Es gab nur ein Vorwärts für mich. Ich kämpfte mich mit ganzer Kraft nach oben und hatte dabei das Glück, nicht aus armen Verhältnissen zu kommen. Mit meinen auffallenden Outfits, einschließlich Autos und Rollstühlen, zeig ich meiner Mutter, dass ich Freude am Leben habe, und das macht sie glücklich. Sie war in meiner Krisenzeit krank vor Sorge um mich. Ich tu es vor allem für sie, aber auch für mich, und, wenn ich Glück habe, auch für dich.

Dora schluckte, der Haken schnitt tiefer. Sie nahm sich vor, noch heute zu entscheiden, ob sie bleiben, oder nach Hause fahren würde, sie musste es tun, bevor eine Entscheidung nicht mehr möglich war.

»Du fährst dieselbe Straße, auf der deine Frau getötet wurde?«

»Ja«, sagte Emilio, »die Straße war nicht schuld an unserem Unfall, der betrunkene Fahrer war es. Auch er wurde schwer verletzt und starb drei Wochen später im Krankenhaus. Ich bin der einzig Überlebende der Katastrophe und habe meine Chance erkannt und angenommen.«

Dora sah auf Emilios muskulöse Arme, die sein wichtigstes Werkzeug zu sein schienen, Arme, die alles taten, um seine Selbständigkeit zu gewährleisten, Arme im gelben Poloshirt, das seine Mutter glücklich macht.

»Was tust du für deine tolle Fitness«, fragte Dora, die Fragetag hatte.

»Zweimal in der Woche trainiere ich im Advokatenclub. Das ist ein Fitnesscenter unseres Berufsverbandes, dem aber auch viele Nichtjuristen angehören, Ärzte, Lehrer, Psychologen, sogar Pfarrer. Wir haben den Club gegründet, daher sein Name. Ich spiele dort Rollisquash, also Squash im Rollstuhl sitzend, trainiere an Geräten meine Beinmuskulatur und schwimme.«

»Schwimmen geht?«

»Ja natürlich, man lässt sich im Rollstuhl sitzend ins Wasser fallen und sieht zu, wie man wieder herauskommt.«

Er machte eine Pause, lachte.

»Nein, ich gleite auf einer Rutsche ins Wasser, dann graule ich oder schwimme auf dem Rücken, das Wasser trägt, ein herrliches Gefühl ist das, ich könnte ewig schwimmen.«

Das Wort Rutsche bekam für Dora eine neue Bedeutung. Natürlich, Rutsche gleich Hilfe, in ihrem Fall war sie lebensrettend gewesen, Rutsche gleich Möglichkeit, ein anderes Element zu erproben, Kinder auf Spielplätzen wissen das.

»Und wie kommst du wieder an Land?«

»Ich schwimme an den Beckenrand, zieh mich hoch und sitze erst mal, möglichst dicht bei meinem Rollstuhl nebst Spezialkrücken, natürlich zitronengelb.«

Er lachte.

»Mit denen stemme ich mich hoch, erhalte durch sie den Stand, den ich brauche, um in den Rollstuhl zu kommen. Es geht ganz schnell, erfordert allerdings Kraft und will gelernt sein, aber es macht großen Spaß.«

Dora war beeindruckt. Es hörte sich an, als sei eine Querschnittslähmung vor allem eine spannende sportliche Herausforderung, mit Freude am Experiment und kein trauriges Schicksal.

Sie sah ihn von der Seite an. Er lächelte, denn er sah es. Dora schüttelte den Kopf, der Haken war noch da, aber er tat nicht mehr weh.

Sie hatten inzwischen Genzano di Roma erreicht, das, auf einem Kraterrand angesiedelt, einen wunderbaren Blick über das Wasser des Nemisees und in die Albaner Berge bot. Doch Emilio wollte nach Nemi, höher gelegen als Genzano, und auf einem Vorsprung über dem See erbaut. Auch der Nemisee sei ein Kratersee, kleiner als der Albanersee, doch in seiner ovalen Form für ihn der noch liebenswertere, vor allem auch der Jagdgöttin Diana wegen, die in Vollmondnächten ihre Schönheit in seinem Wasserspiegel geprüft habe, und das, wer weiß, vielleicht heute noch tue.

»Dann müssen wir zum Nemisee«, sagte Dora, »keine Frage.«

Auf einem Parkplatz am Ortseingang setzte Emilio sein zitronengelbes Schmuckstück in eine ausgewiesene Behindertenparklücke, die bequemes Aussteigen ermöglichte.

»Bleib sitzen«, bat er, »ich möchte dir die Tür öffnen, wie es sich gehört.«

Mit einem Knopfdruck schloss er das Verdeck. Er drückte die Tasten einer Fernbedienung, die er der Mittelkonsole entnahm, seine Tür wanderte in Schiebefunktion nach hinten zum Heck, und der Rollstuhl wurde von einem Hebearm neben das Auto gestellt. Emilio brachte ihn mit seinem linken Arm in Position, dann griff er mit einer Hand an den Türrahmen, mit der anderen an den Autositz und schwang sich auf seinen starken Armen in den Rollstuhl. Ein Tastendruck, der Hebel fuhr zurück, die Tür ebenso, Emilio rollte zu Doras Ausstieg und öffnete.

»Bitte sehr.«

Das alles ging so schnell, dass Dora die Technik nicht sofort verstand.

»Du wirst es hoffentlich noch öfter erleben«, versprach Emilio.

Dora ging neben Emilios Rollstuhl, sah, wie er scheinbar mühelos dessen Räder in Schwung hielt, durch Kippen seines Gefährts Bordsteine überwand und ihr in jedem Augenblick zeigte, dass er auf keines Menschen Hilfe angewiesen war. Kleine Geschäfte in einer Promenade begeisterten vor allem Emilio. Er bat sie, unter dem üppigen Angebot an Antiquitäten, Schmuck oder Handwerkskunst ein Erinnerungsstück an den heutigen Tag zu suchen. Dora sah vieles, konnte sich aber für nichts entscheiden. Vielleicht wollte sie kein Erinnerungsstück an einen Tag, von dem sie noch nicht wusste, wie er endete. Entschließe sie sich, morgen nach Hause zu fahren, wäre das ein endgültiger Abbruch der Beziehung, und die Erinnerung an die Reise nach Rom sollte sie nicht sehr lange beschäftigen. Bliebe sie bei Emilio, wollte sie die Erinnerung an ihre Entscheidung nicht mit einem Krüglein, oder irgendeinem der zahlreich gestanzten antiken Amulette, schon gar nicht mit kleinen Gipsabgüssen römischer Gottheiten lebendig halten.

In einem Straßencafé tranken sie Cappuccino und aßen Eis mit Walderdbeeren, eine Spezialität der Region am See, an dessen Hängen jetzt im Juni die aromatischen Beeren geerntet wurden.

»Sie feiern hier das Erdbeerfest«, sagte Emilio, »viele Römer besuchen es mit der ganzen Familie, Parkplätze suchst du in diesen Tagen vergeblich.«

Er legte eine kleine verzierte Schachtel an Doras Platz, als diese zur Toilette ging. Sie kam zurück, setzte sich, sah ihn an,

erschrak, sagte nichts. Einen Augenblick lang fürchtete sie sich
vor einer Überraschung mit einem kostbaren Ring, den Emilio
bei einem Goldschmied bewundert hatte. Die Schachtel schien
ihr allerdings etwas zu groß für einen Ring und zu länglich zu
sein. Sie wartete.

»Mach doch mal auf.«

In einem Wattebett lag eine zart bemalte Porzellanfigur,
die Göttin Diana, mit Jagdhund zur Seite, einem Köcher über
der Hüfte, Pfeil und Bogen zum Schuss gespannt. Vorsichtig
hob Dora die kleine Figur von ihrem Lager, drehte sie in den
Händen.

»Oh«, sagte sie, »wie schön.«

Mehr fiel ihr nicht ein. Die Figur war nicht nach ihrem Geschmack, niemals hätte sie sich eine solche Vitrinenschönheit
ausgesucht, doch Emilios Bemühen um ein Geschenk rührte
sie so sehr, dass sie vor allem ihre Überraschung beteuerte, ihre
Freude über die schöne Diana ebenso. Sie erkannte auch den
Wert der Figur, eine Kostbarkeit aus altem Besitz, vielleicht aus
Not veräußert und in diesem Antiquitätengeschäft zum Kauf
angeboten. Sie bettete Diana wieder vorsichtig in ihr Kästchen
und drückte es zum Zeichen ihrer Freude an die Brust. Emilio
schien glücklich, das Richtige für seine Bella Dora gefunden
zu haben. Tatsächlich hatte er mit dem Gedanken gespielt, einen Ring zu kaufen und Dora um ihre Hand zu bitten. Doch
sein kluger Verstand hatte ihn davor gewarnt. Schlag heute
keine Pflöcke ein, es ist zu früh dafür. Sei zurückhaltend mit
deinem Ansinnen, wage es erst, wenn du dich ihrer sicher sein
kannst, ging er mit sich selbst in Beratung. Er würde warten,
den passenden Augenblick erkennen und nutzen.

Zunächst suchte auch er die Toilette auf. Er bat Dora um
etwas Geduld, denn dieser Teil seiner Lebensbewältigung er-
fordere etwas mehr Zeit als der Ein- und Ausstieg in den Ferrari und könne nicht mit Fernbedienung erledigt werden.

Erst jetzt machte sich Dora Gedanken darüber, wie sich

eine Querschnittslähmung auf Blasen- und Darmfunktion auswirke. Darüber hatte sie noch nie in ihrem Leben nachgedacht, jetzt fiel ihr mit Schrecken ein, dass von einer solchen Lähmung nicht nur die Beine betroffen waren. Eine Mitleidswelle überrollte sie. Emilio musste mit sehr viel mehr kämpfen als mit Aus- und Einstieg in gelbe Sportwagen. Nur ein disziplinierter Tagesplan, der auch Speise- und Getränkemengen empfahl, ließ ihn dieses Leben so führen, wie es für ihn ertragbar war. Sie versuchte, ihr Mitleid in die Bewunderung seiner Leistung umzudenken, was ihr gelang. Auch nahm sie sich Großes vor. Über Querschnitts- und andere Lähmungen wollte sie sich in Zukunft informieren. Zeit wäre es nun, das Leben nicht nur aus der Sicht unversehrter und wohlgeformter Menschen zu betrachten, sondern die Augen für eine andere Welt zu öffnen, die neben ihr existierte, der sie bis jetzt aber wenig Interesse geschenkt hatte.

Ein Gedanke beunruhigte sie plötzlich. Was, wenn ihr Wunsch nach Richtungsänderung ganz anders zu deuten sei, als sie in ihrer Annonce formuliert hatte? Könnte Emilio nur Wegweiser, Augenöffner, Impulsgeber zu einem neuen Leben sein? War vielleicht ihre Sinnkrise in einer Beziehung mit einem Partner gar nicht lösbar, auch oder erst recht nicht auf einem Pfad wie diesem, mit erhöhtem Schwierigkeitsgrad? Vielleicht sollte sie sich eher eine neue Lebensaufgabe suchen und keinen Mann. Wobei das eine das andere nicht ausschließe, hörte sie plötzlich Anne sagen, die ihr mit einem Mal fehlte. Treffsicher wusste diese stets, was richtig oder falsch, was zu tun oder zu lassen sei, woher auch immer, sie wusste es eben. Fast bereute Dora, Anne nicht schon früher nach einem gangbaren Lebensweg abseits der Modelagentur befragt zu haben. Jedenfalls sollte sich dieser jetzt aus gegebenem Anlass ändern, nahm sie sich vor, unabhängig von einer Entscheidung, die sie heute treffen wollte. Leider wusste sie noch immer nicht, welchen Schritt sie tun sollte.

Der nächste jedenfalls war ein leicht ansteigender zu einer Kirche, die nicht nur mit einem berühmten Holzkreuz punktete, sondern auch mit einem grandiosen Blick in die Tiefe und über den See. Emilio wollte auf dem Vorplatz der Kirche warten und die Aussicht genießen, Dora möge gerne das Kreuz betrachten, er kenne es, habe aber zwiespältige Erinnerungen an diesen Ort.

»Dann bleib ich bei dir, ich muss das Kreuz nicht sehen, es ist mir gar nicht wichtig«, sagte Dora.

»Tu das nicht«, erwiderte Emilio, »bitte, tu es nicht. Du sollst eines wissen, Rücksichtnahme gilt nicht. Sie zerstört alles, was zwischen uns ist. Dich macht sie unfrei, mich macht sie abhängig, von dir und anderem. Zusammensein bedeutet, sich Freiheit schenken, das stelle ich gerne als Leitsatz über jede Beziehung, die gelingen soll. Ich freue mich, dass du die Kirche sehen willst, und ich freue mich hier auf den grandiosen Ausblick, also, wir sehen uns anschließend wieder, noch glücklicher als jetzt.«

Er fuhr abrupt an den Rand des Platzes zum besten Aussichtspunkt des Ortes. Dora stieg über wenige Stufen zur Kirchentür und betrat einen nicht sehr großen, etwas dunklen Raum. Über einem Schrein auf dem Altar hing das Kreuz, das sowohl Gläubige als auch Päpste zur Verehrung herführte. Dora erschrak beim Anblick des sehr realistisch dargestellten, gemarterten Körpers und sah mit Verwunderung, dass dieser Jesus, trotz seiner schwersten Leiden, eindeutig lächelte. Ein lächelnder Jesus, der über seine Schmerzen erhaben war, sie in diesem Moment des Lächelns überwand, auch danach, Stunde für Stunde, Tag um Tag immer wieder neu, hier an diesem Kreuz hängend, in dieser Kirche.

Sie dachte an Emilio draußen auf dem Kirchplatz. Würde sie diesen beeindruckenden Menschen vergessen können, wenn sie ihm heute eine Absage erteilte? Würde er diese ertragen, wie er sein schweres Schicksal ertrug, nein, ertragen war

nicht das richtige Wort, eher passte das Wort meistern, würde
er eine Enttäuschung meistern wie alles andere auch, nicht mit
Muskelkraft, sondern mit der Kraft seines Herzens? Sie wollte
Emilio niemals weh tun, aber es ließe sich nicht vermeiden,
trennte sie sich noch heute von ihm. Sie blickte noch einmal
in das Gesicht des Mannes am Kreuz. Ob sie dem Lächeln eine
Botschaft entnehmen könne, die ihr eine Entscheidung erleichterte? Doch da tat sich gar nichts. Dora verließ die Kirche
so ratlos wie zuvor.

Emilio spielte. Ein kleiner Junge warf ihm einen Ball in den
Schoß, Emilio nahm ihn auf und warf ihn zurück. Es war ein
weiter Wurf, der Junge rannte seinem Ball hinterher und warf
erneut. Das Kind war begeistert von diesem neuen Spielkame-
raden, es zielte jedoch so ungenau, dass Emilio seinem Rollstuhl alles abverlangen musste, um den Ball im Flug zu fangen.
Die jungen Eltern, die einen Blick auf den See werfen wollten,
mahnten:

»Du darfst den Herrn nicht belästigen, Mario, er möchte
gewiss seine Ruhe haben.«

Und sich bei Emilio entschuldigend: »Mario denkt immer,
alle Menschen seien dazu da, um mit ihm zu spielen.«

»Das ist sein gutes Recht«, sagte der Anwalt Emilio, »und
zwar ein wirklich gutes, was könnten Erwachsene schon besseres tun wollen, als mit einem Kind zu spielen.«

Er schlug den Ball dieses Mal mit der Faust besonders hoch,
der Junge schrie vor Begeisterung und warf seine kleinen
Arme in die Luft. Dora sah einen ballspielenden Emilio, der
seinen Rollstuhl zum Tanzen brachte und den Kleinen zum
Schwitzen. Auch Emilio schrie »Vorsicht, pass auf«, oder »hierher, wirf hierher.« Der Junge rannte und rannte, die Eltern waren besorgt.

»Mario, wir wollen gehen, bedanke dich bei dem Herrn.«

Mario rannte auf den Rollstuhl zu, warf sich über Emilios
Knie und vergrub erschöpft sein erhitztes Gesicht zwischen

Emilios Oberschenkeln. Die Eltern entschuldigten sich erneut für ihr wildes Kind, zogen es hoch, doch Mario wollte sich nicht von seinem Freund trennen. Er krallte seine Hände in Emilios leichte Sommerhose und wollte ihn zum Aufstehen bewegen.

»Komm mit mir, steh auf und komm mit mir, bitte, komm mit«, bettelte er und begann zu weinen.

»Ich kann nicht aufstehen«, sagte Emilio, »meine Beine sind krank, ich kann nicht mit ihnen laufen.«

»Jetzt ist es aber genug«, bestimmten die hilflosen Eltern, und die Mutter löste die eingekrallten Finger des Kindes von Emilios Hose.

»Bitte verzeihen Sie, aber ich weiß nicht, was mit Mario ist, so überdreht erlebte ich ihn noch nie.«

»Er ist ein wunderbarer Junge, Sie können sich wirklich freuen,« beruhigte Emilio.

Das junge Paar nahm seinen Wildfang in die Mitte und führt ihn regelrecht ab. Mario ging nicht wirklich mit. Er ließ sich von den Eltern vorwärtsziehen, seine Füße schleiften über den Boden. Er schrie, »meine Beine können nicht laufen, sie sind krank«, dabei warf er seinen schwarzen Lockenkopf zurück und suchte Emilio mit den Augen. Emilio winkte, das Kind wollte sich daraufhin aus der elterlichen Klammer befreien, da drehte Emilio seinen Rollstuhl in eine andere Richtung und dem Jungen seinen Rücken zu. Dora trat zu ihm.

»Das war ja ein stürmischer kleiner Verehrer«, spaßte sie, »eigenartig, dass ein kleiner Junge sich so schnell und intensiv auf kindliche Art fast verlieben kann.«

»Irgendetwas wird dem Kleinen eben fehlen, sonst wäre ein solches Verhalten eher unwahrscheinlich, vielleicht ist es ein Defizit seelischer Art, es gibt schließlich nicht nur körperliche Behinderung.«

Emilio war nachdenklich geworden. Dieser Junge hatte ihn herausgefordert, er, Emilio war sofort angesprungen, einige

Ballwechsel hatten sich beinahe in ein kindliches Drama verwandelt, dem er als Erwachsener Nachdruck verliehen hatte. Der Kleine tat ihm jetzt leid, doch er hoffte, das Erlebnis möge ihn nicht länger als bis zur nächsten Eisdiele beschäftigen.

Endlich gab es für Dora einen Blick auf den See! Tiefblau lag er in seinem Kraterbecken, dessen teils bewaldete Ränder sich ringförmig um das Wasser legten. Über dem bergig bewegten Land erhob sich der Monte Cavo, der wie ein Wächter zwischen zwei Seen thronte und sie gleichzeitig voneinander trennte, wie Emilio erklärte.

»Unsere schöne Diana bevorzugte allerdings den Nemisee, nicht den Albanersee, was ich gut verstehe bei diesem Anblick.«

Eine Landschaft, einst von eruptiven Ausbrüchen geschunden, schien jetzt endlich ihre wohlverdiente Ruhe zu genießen. Diese Ruhe übertrug sich offensichtlich auf den Betrachter. Dora legte ihre Hand auf Emilios Schulter.

»Danke, dass ich das hier sehen darf.«

Zum Abendessen kehrten sie in einer Locanda in Genzano di Roma ein. Emilio kannte das Lokal, man kannte ihn. Dottore Cattini bekam einen Tisch am Rande der Terrasse, mit Blick auf den See. Ob dieser Tisch angenehm sei, oder er einen anderen wünsche, fragte der besorgte Kellner. Alles sei bestens, versicherte Emilio. Sie aßen Saltimbocca mit Gemüse und Weißbrot, tranken einen leichten Weißwein, und Emilio meinte, der Fragetag sei noch nicht zu Ende, Dora möge ihre Wünsche äußern.

»Was möchtest du wissen, es gibt nichts, was ich dir nicht erzählen möchte«, ermutigte er sie.

»Gut«, erwiderte Dora, »dann beginnen wir mit dem lächelnden Jesus. Du wolltest nicht mit in die Kirche gehen. Du hast von zwiespältigen Erinnerungen gesprochen.«

»Ja«, sagte Emilio, »ich war oft mit Beatrice in dieser Kir-

che, sie betete gern vor dem Kreuz. Als ihre Mutter schwer
erkrankte, fuhren wir nach Nemi und baten um Genesung.
Beatrice betete länger als sonst, als helfe ein längeres Gebet
eher als ein kurzes. Vielleicht hätte uns ein kürzeres Gebet
vor einem Unglück bewahrt? Beatrice war sehr religiös. Das
Lächeln des Jesus gab ihr Hoffnung, ich sehe noch ihr Gesicht
voll Vertrauen auf das des Gekreuzigten gerichtet. Auf dem
Heimweg raste der Betrunkene in unser Auto, sie war sofort
tot. Vier Wochen später starb ihre Mutter, ich überlebte und
sitze im Rollstuhl. Diese Kirche in Nemi habe ich seither nie
mehr betreten.«

Dora sagte nichts, was hätte sie auch sagen können.

»Deine Mutter, wie geht es ihr, wie lebt sie«, wollte sie
stattdessen wissen.

Emilio freute sich offenbar über diese Frage, die ihn zu
mehr als einer knappen Auskunft inspirierte. Seine Mutter sei
eine großzügige, warmherzige Frau, natürlich besorgt um das
Wohl ihres einzigen Sohnes, doch auf angenehm unaufdring-
liche Art. Sie mische sich niemals in Dinge, die nur ihn per-
sönlich beträfen, freue sich aber über jeden Fortschritt seiner
Selbständigkeit, über jeden Ausdruck seiner Lebensfreude. Sie
lebe in den Gärten am Bolsenasee, in ihrem elterlichen Haus,
in das sie nach dem Tod ihres Mannes zurückgekehrt sei. Er
besuche sie gerne dort, leider viel zu wenig, doch Mutter sei
in dieser Beziehung nicht fordernd. Ab und zu klage sie, dass
er zu viel arbeite, er müsse an Erholung denken, Erholung am
besten bei ihr in den Gärten, dort habe er alle Ruhe der Welt
und geregeltes Essen. Doch sie sei vor allem stolz auf ihren
Anwaltssohn, sagte er, und es amüsiere ihn, wenn er ihr von
seinen Aktenbergen auf dem Schreibtisch berichte, und sie dabei zu strahlen beginnt.

»Was ist das mit den Gärten, du redest von Gärten statt von
einem Garten, wie kann ich mir das vorstellen?«

Dora nippte an ihrem Weinglas.

»Natürlich, das muss ich dir erklären«, sagte Emilio. »Meine Mutter stammt aus einer großen Gärtnerei. Schon ihre Großeltern waren Gärtner und vergrößerten nach und nach durch Ankauf brachliegender Grundstücke ihren Betrieb. Damals stand der Gemüseanbau noch im Vordergrund. Meine Großeltern erweiterten die Rosenzucht. Topf- und Grünpflanzen aller Art verhalfen ebenfalls zu einem einträglichen Geschäft. Der Bruder meiner Mutter führte die Gartenbetriebe, bis er überraschend starb. Danach wurden einige Anlagen stillgelegt, Gewächshäuser geräumt. Als Witwe zog meine Mutter in die Gärten, wie wir sagen. Sie widmet sich ihren geliebten Rosen, pflegt einen großen Kräutergarten, einigen Frauen aus dem Dorf erlaubte sie, auf dem riesigen Areal Gemüse zu ziehen. Im Frühling und Herbst veranstaltet sie in dem größten der Gewächshäuser für das ganze Dorf ein Fest. Frauen kochen, backen Kuchen, die Männer kümmern sich um die Getränke und um die Musik. Es wird gespielt, getanzt, gesungen. Diese Feste sind sehr beliebt, alles freut sich, wenn meine Mutter wieder in die Gärten bittet. Finanziell steht sie gut da, lebt von einer Beamtenpension und ihrem Vermögen, das die Weinberge im Chianti erwirtschaften. Dort arbeitet ein Verwalter für uns. So ist das mit meiner Mutter, ach, und Bianca Maria heißt sie auch.«

Emilio lachte.

»Sie lebt in den Gärten, das klingt schön«, sagte Dora und sah auf den See.

»Ja, sie lebt in den Gärten und würde sich darüber freuen, wenn wir sie beide dort besuchten, morgen vielleicht, was meinst du, Bella Dora? Ich erzählte von dir, du bist ihr von Herzen willkommen.«

Dora spürte, dass es Zeit für die Entscheidung wurde. Jeder weitere Tag, den sie mit Emilio verbringen würde, machte diese schwerer. Eine Fahrt in die Gärten zu Emilios Mutter wäre eine Fahrt ohne Rückkehr in ihr altes Leben, dem sie zwar eine andere Richtung hatte geben wollen, aber nicht an der Seite eines körperbehinderten Mannes. Sie konnte sich ein solches Leben auf Dauer einfach nicht vorstellen, so sehr Emilio ihr bereits auf gefährliche Weise ans Herz gewachsen war.

»Ich fahre morgen nach Hause«, sagte sie, als gelte es, vor allem sich selbst von diesem Entschluss in Kenntnis zu setzen, als habe sie nur vergessen daran zu denken, und in diesem Augenblick fiele ihr das Vorhaben wieder ein.

Emilio stützte sein Kinn auf die Fingerspitzen. Der Anwalt wiederholte die Worte seines Klienten.

»Du fährst also morgen zurück nach München, habe ich das richtig verstanden?«

Dora nickte.

»Ich kann jetzt nicht länger bleiben, ich muss mir zu Hause erst einmal über vieles Klarheit verschaffen, in einem gewissen Abstand zu dir. Ich hoffe, du kannst mich verstehen.«

Schon hatte sie ihre Entscheidung entschärft, einen Funken Hoffnung geschlagen, für Emilio oder für sich selbst? Nein, sie war sich sicher, es sollte eine vollkommene Absage sein, doch konnte sie das nicht in aller Deutlichkeit formulieren, nicht jetzt, nicht unter seinem Blick, sie konnte es einfach nicht.

»Gut«, sagte Emilio, »du brauchst Zeit für eine Entscheidung«, nicht ahnend, dass sie für Dora soeben gefallen war.

»Ich verstehe dich gut, aber ich möchte dich etwas fragen, obwohl heute ja Dein Fragetag ist. Ich möchte wissen, ist es meine Behinderung, die dir Probleme macht?«

»Ja«, sagte Dora, »nur das«.

Emilio schenkte ihr sein liebevollstes Lächeln.

»Du bist ehrlich, das tut mir gut, Ehrlichkeit ist ein echtes Geschenk, immer und besonders in diesem Fall, ich danke dir.«

Auf der Heimfahrt sprachen sie kaum. Emilio wollte sie am nächsten Morgen mit dem Auto zum Bahnhof bringen, er käme etwas früher, damit sie nicht in Hektik gerate. Er habe etwas gut zu machen für sein Terminproblem bei ihrer Ankunft in Rom, schätze sich glücklich, ihr vielleicht helfen zu können, bei der Gleissuche zum Beispiel, außerdem könne er nur beruhigt weiterleben, wenn er wüsste, sie sei heil in den Zug gestiegen.

Langsam fuhr der zitronengelbe Ferrari vor das kleine Hotel. Emilio bestand auf seinem Aussteigmanöver mit aller zur Verfügung stehenden Automatik, öffnete Doras Tür und begleitete sie bis zum Hoteleingang. Dora beugte sich zu ihm nieder und küsste ihn auf die Wange.

»Bis Morgen«, sagte sie und verschwand durch die Eingangstür. Auf der Treppe zu ihrem Zimmer weinte sie.

Zehn Anrufe und sechs Mails von Anne schlugen Alarm, als Dora ihr Smartphone befragte. Zur Beantwortung aller ihrer Mitteilungen schrieb sie an Anne.

Komme morgen Abend zurück, melde Ankunft noch genauer, alles weitere mündlich. Gruß Dora.

Sie buchte eine einfache Fahrt Rom–München, telefonierte mit dem Wirt, bat um einen frühen Weckruf und um die Fertigstellung ihrer Rechnung, sie fahre morgen ab. Anschließend stellte sie ihr Smartphone ab. Ruhe brauchte sie jetzt, vor allem Ruhe und ausnahmsweise eine Schlaftablette, da sie über nichts und niemand mehr nachdenken wollte.

Emilio kam pünktlich. Diesmal blieb er im Auto sitzen, da Dora mit dem Wirt und ihrem silbernen Schalenkoffer bereits vor der Hoteltür stand, und der Wirt es sich nicht nehmen ließ, Doras Koffer eigenhändig unter die sich automatisch öffnende Heckklappe in den Kofferraum zu legen. Danach öffnete er die Beifahrertür und grüßte Dora zum Abschied mit einer schneidigen Verbeugung, die auch Emilio galt.

»Es war mir eine Ehre, Dottore Cattini«, sagte er in respektvollem Ton. Er hatte inzwischen in mehrere Richtungen recherchiert und Dora soeben vor der Hoteltür über den Mann im gelben Auto aufgeklärt.

»Er ist ein bekannter Strafverteidiger in Rom, er ist einer unserer Besten, in Wahrheit der Beste, müssen Sie wissen.«

Emilio war schweigsam, wieder steuerte er den Wagen mit traumwandlerischer Sicherheit durch den Morgenverkehr, zudem kannte er einen sehr günstig zum Bahnhof gelegenen Parkplatz.

»Siehst du«, sagte er zu Dora, als er im gelben Rollstuhl neben ihr in die Bahnhofshalle einfuhr, »jetzt ist meine Aussteigetechnik für dich sicher kein Geheimnis mehr, so oft, wie du sie erleben konntest.«

Dora nickte nur, kämpfte gegen Tränen. Sie zog ihren Schalenkoffer hinter sich her. Zwei Rollfahrzeuge mit unterschiedlichem Inhalt begleiteten sie, Emilio in dem einen, Doras Luxuskleidung in dem anderen. Dora konnte kaum sprechen, ihr Kehlkopf schmerzte vom unterdrückten Weinen. Der Zug nach München stand schon bereit, sie wollte auf der Stelle einsteigen, den Abschied verkürzen.

»Bitte, fahr sofort los, wenn ich im Abteil bin, bitte, winke nicht.«

»Dora Bella mia«, sagte Emilio, als habe er ein Kind zu trösten.

Er küsste ihre Hände, sie stieg in den Zug, drehte sich nicht mehr nach ihm um. Sie warf einen Blick in das schon gut besetzte Abteil. Für einen kurzen Moment sah sie eine im Münchner Hauptbahnhof wartende Anne mit ihrem ich habe es ja vorausgesehen Gesicht, und dem Vorwurf auf den Lippen, sie habe sich ihretwegen die Finger wund gemalt.

Plötzlich war es Dora, statt ihres Frühstücks eine große Portion Glasscherben verschluckt zu haben, an denen sie in den nächsten Minuten verbluten müsse. Sie packte den Silberkoffer, stieß ihn zur immer noch offenen Wagentür, ließ ihn auf den Bahnsteig fallen, riss ihn hoch und hinter sich her und sah in einiger Entfernung einen zitronengelben Rollstuhl Richtung Ausgang fahren.

»Emilio«, schrie sie, »Emilio warte, warte, komm zurück.«

Der Rollstuhl hielt an, stand einen Augenblick still, dann drehte Emilio eine Pirouette und fuhr mit voller Kraft auf Dora zu.

»Bitte«, sagte sie, »bitte, Emilio, zeig mir deine Gärten.«

KELTENSTEIN

Als sie über die Kuppe fuhren, sahen sie es zum ersten Mal. »Da unten ist es«, sagte Mathilde, nahm die linke Hand vom Steuer und deutete mit dem Zeigefinger abwärts. Die Frauen folgten mit den Augen ihrem Fingerzeig. Sie sahen in der Talsenke, die vor ihnen lag, das Haus, das sie im Internet gefunden und angemietet hatten. Vor dem Halbrund eines Waldes lag es langgestreckt wie ein ruhendes Tier. Das von den Bäumen beschattete Dach hob sich in der beginnenden Dämmerung nur undeutlich von der dunklen Tannenwand ab, wurde von dieser verschluckt wie von einem schwarzen Loch. Nur die weiß getünchten Wände ließen die Größe der alten Hofstelle erahnen, die es den Frauen auf den ersten virtuellen Blick bei der Suche nach einer geeigneten Bleibe angetan hatte.

»Warum brennt dort Licht«, sagte Mathilde, die Fahrerin, »ich denke das Haus steht leer?«

»Wo siehst du Licht?« fragte Nika, die neben ihr saß und eigentlich Monika hieß, mit ihrem Namen aber nicht in Einklang war, wie sie betonte. Sie warf einen Blick in den Talgrund.

»Na, in dem Haus da unten«, sagte Mathilde, während sie einem Traktor auswich, der laut tuckernd in der Straßenmitte daherkam. Es wurde Abend und der Bauer hatte es wohl eilig heim zu kommen.

»Da unten im Haus brennt eindeutig Licht, seht ihr das nicht?«

Mathilde deutete in Richtung des Waldes.

Sonja meldete aus dem Rücksitz, sie sähe es auch und ja, drei Fenster seien beleuchtet, und sie frage sich gerade warum.

Marie, die neben ihr saß, konnte einfach gar nichts erkennen, obwohl sie sich vorbeugte und zwischen Mathilde und Nika nach vorn spähte. Die Straße führte jetzt abwärts und in einer langgezogenen Schleife ins Tal. Das Haus verschwand für wenige Minuten hinter einem vorgelagerten Hügel, tauchte wieder auf und versteckte sich aufs Neue. Ein kleiner Laubwald entzog es dem angespannten Blick der Frauen. Als sie es wiedersahen, war es nur noch wenige Meter von ihnen entfernt, und in drei Fenstern erlosch in diesem Augenblick die Beleuchtung.

»Jemand hat gerade das Licht ausgemacht«, sagte Nika.

»Oder ganz einfach, die Sonne spiegelt sich nicht mehr in den Fensterscheiben«, überlegte Marie, die nie sah, was die anderen sahen.

»Die Sonne hatte bereits Untergang und spiegelt sich hier nirgendwo«, belehrte Sonja. »Kauf dir mal eine Klarsichtbrille, dann siehst du die Dinge anders.«

Marie schwieg. Sonja hatte womöglich recht, wenn sie ihr immer wieder Schwersichtigkeit vorwarf, eine Wortschöpfung aus Sonjas Sprachschatz. Schwersichtigkeit klingt wie Schwerhörigkeit, dachte Marie. Das eine hatte mit dem anderen nichts zu tun, und Schwersichtigkeit war womöglich nicht einmal als medizinischer Befund bekannt. Marie selbst war davon überzeugt gut zu sehen. Eher könnte man sagen, sie sah nicht schnell genug. Sie reagierte einfach zu langsam, das war ihr Problem, und das hatte sich jetzt gerade wieder einmal deutlich gezeigt. Auf alle Fälle würde sie den Kauf einer Brille erwägen. Man könnte einmal nachsehen lassen, nahm sie sich vor, es schade ja nicht.

Den Hausschlüssel hatten sie bei den Klosterfrauen in der 10 km entfernten Kurklinik für ernährungsgestörte Jugendli-

che abgeholt. Die Frauen trafen im Garten der Klinik auf eine
kleine Gruppe übergewichtiger Mädchen, die sich schwitzend
und keuchend mit einem Ballspiel abplagten. Die Oberin des
Hauses hatte die Frauen, nach Übergabe des Schlüssels, durch
sämtliche Therapieräume geführt und ihnen ihr erfolgverspre-
chendes Diätprogramm erklärt. Auf der anschließenden Fahrt
zum Bauernhof waren sie sofort in eine heftige Diskussion
über gesunde Ernährung geraten, die besonders Marie genervt
hatte. Sie war und fühlte sich entschieden zu dick, behauptete
aber, nicht zu wissen, warum das so sei. Nun befürchtete sie
plötzlich anstrengende Tage mit ständigen Anspielungen auf
ihr Körpergewicht und bereute jetzt schon, mitgekommen zu
sein. Das Haus erschien ihr aus der Nähe besehen auch nicht
mehr als der einladende Hort, den sie sich erhofft hatte. Düs-
ter und abweisend stand es, nur einen Wiesenstreifen entfernt,
vor riesigen Fichten. Baumstämme, im unteren Bereich so kahl
wie Masten, ragten in eine geschlossene Decke aus Fichtenzweigen. Die Bäume wuchsen in einem exakt berechneten
Raster, das sie in eine undurchschaubare dunkle Säulenhalle
verwandelte, die sich in alle Richtungen ausdehnte. Der Wald
wirkte unendlich groß, und er schien zu atmen. Ein Luftstrom
bewegte wie eine streichelnde Hand loses Blatt- und Nadel-
werk am Boden lautlos hin und her. Aber das fiel den Frauen
erst einige Tage später auf.

   Mathilde steckte den Schlüssel ins Schloss einer zweiflü-
geligen, schweren Holztür, durch deren kleine Fenster in jedem Türblatt spärliches Licht in den dahinterliegenden Raum
fiel, den ehemaligen Kuhstall des Bauernhofes. Die Frauen
traten ein, stellten ihre Reisetaschen ab und sahen sich um.
Sie waren informiert. Wo früher Kühe gestanden hatten, bo-
ten jetzt Tische und Stühle und eine, an zwei Wänden um-
laufende Eckbank aus einfachem Tannenholz den Gästen des
Hauses eine Aufenthaltsmöglichkeit auch in größerer Runde.
In einem Wandschrank an einer Seite des sonst kahlen, weiß

gestrichenen Raumes stapelten sich Teller, Tassen, Gläser. Besteck lagerte in breiten Schubladen, die Sonja in großer Hast auf und zu riss.

»Alles da«, stellte sie fest. »Immerhin können wir hier fürstlich aufdecken.«

Marie ließ sich auf einen Stuhl fallen, warf ihre Arme über den Tisch und gab Anzeichen großer Erschöpfung von sich. Sie stöhnte in ihre verschränkten Arme, in die sie ihr Gesicht gebettet hatte.

»Keine Nacht lang bleibe ich hier, das ganze Haus stinkt nach Kuhstall.«

»Das bildest du dir ein, weil du weißt, dass hier früher ein Kuhstall war«, sagte Nika und öffnete eine Tür, die in die Küche führte.

»Hier riecht es nach Kraut und Kartoffeln, anscheinend eine Lieblingsspeise der letzten Bewohner.«

Sie ging zu einem der kleinen Fenster und öffnete es, atmete tief ein und sah sich um.

»Kommt mal hierher, ihr werdet staunen«, rief sie in den ehemaligen Kuhstall.

Eine perfekt eingerichtete Küche sorgte plötzlich für gute Laune bei den Frauen. Auch Marie vergaß ihre Befürchtungen. Hier konnte man richtig schön kochen, auf einem neuen Gasherd mit sechs Flammen, umgeben von glänzenden Aluregalen, bestückt mit ebenso glänzenden Töpfen und Pfannen jeder Größe. Arbeitsflächen in pflegeleichter Metallausführung verführten platzbietend zu kulinarischen Großeinsätzen. Eine Spülmaschine mit aufgeklebter Bedienungsanleitung, folienverschweißt gegen Wasserspritzer, sorgte für Aufatmen bei den Frauen. Für den ganz großen Abwasch gab es zwei Spülbecken in Kinderbadewannengröße.

»Also die werden wir nicht brauchen«, stellte Mathilde klar. »Die große Kochschlacht wird es mit mir nicht geben.«

Sie warf einen strengen Blick auf Marie. Diese schlug vor,

angeregt durch den günstigen Kücheneindruck, jetzt sofort zu essen und die weiteren Räume erst nach einer stärkenden Mahlzeit zu besichtigen.

Sie packten im Essraum, der einmal ein Kuhstall war, ihre mitgebrachten Lebensmittel aus und waren überrascht von der Wurst- und Käsevielfalt, die sie auf einem der Tische zu einer verlockenden Brotzeittafel auslegen konnten. Mathilde suchte den Lichtschalter. Es war inzwischen ziemlich dunkel im Raum geworden. Sie bemerkte es erst jetzt.

»Ich mach mal hell«, sagte sie, es klang beinahe wie eine Warnung. Die Frauen blickten auf, als erwarteten sie eine bedrohliche Überraschung. Mathilde drückte auf den Kippschalter neben der Tür. Zwei von drei Hängelampen über den Holztischen leuchteten auf, sonst geschah nichts Außergewöhnliches. Die Freundinnen lachten übertrieben laut und erleichtert, schüttelten den Kopf, verloren aber kein Wort über ihre heimliche Besorgnis. Inzwischen war sich keine der Frauen mehr sicher, ob das, was sie beobachtet hatten real gewesen, oder nicht doch ihrer Einbildung entsprungen war.

»Man sollte niemals des Nachts ankommen, sondern bei Tage, niemals bei Mond-, sondern bei Sonnenschein«, zitierte Nika eine alte asiatische Weisheit.

Sie aßen, entgegen ihren Vorsätzen, mehr als sonst. Aufmerksam reichten sie sich Wurst und Käseteller, Butterdose und Salzstreuer, warfen sich Tomaten wie Tennisbälle zu und ließen in plötzlich aufkommendem Übermut hartgekochte Eier in einem großformatigen Suppenschöpfer von einer zur anderen wandern. Der reichlich gedeckte Tisch unter dem warmen Licht der Lampe erschien ihnen als eine Wohlfühloase in diesem leerstehenden, und mit Ausnahme der Küche nicht gerade einladend wirkenden, noch unerforschten Haus. Doch was hier auf dem Tisch lag war bekannt, stammte aus heimischer Küche oder Supermarkt, wohlschmeckend und von vertrautem Geruch. Marie schnupperte an einem Apfel

vom eigenen Baum. Wie der duftet, sagte sie, als entdecke sie
erst heute sein Aroma. Sie hatte kein Problem zuzugreifen,
Sonja drängte sie geradewegs dazu.

»Lass es dir schmecken, Mädchen, wir brauchen eine ordentliche Grundlage.«

»Wozu brauchen wir eine Grundlage?« wollte Marie wissen.

»Wer weiß, was die Nacht bringt und wie die Betten sind.
Vielleicht sind die Matratzen total durchgelegen oder schlimmer«, sagte Sonja.

»Wie schlimmer, was meinst du damit?«

»Na ja, sie könnten stinken oder von Mäusen zerfressen
sein«, vermutete Sonja.

»Hör doch auf und lass sie in Ruhe, siehst du nicht, wie ver-
ängstigt Marie schon ist«, fuhr Nika dazwischen. »Ich zünde
nachher bei der Zimmerbesichtigung ein Räucherstäbchen an
und befreie das Haus von schlechter Energie«, versprach Nika,
die eigentlich Monika hieß.

»Spürst du hier eine schlechte Energie?«, sorgte sich Marie.

Nika wiegte bedeutungsvoll den Kopf hin und her und legte die Stirn in Falten. Mathilde warf ihr warnende Blicke zu.

»Es ist immer gut ein fremdes Haus auszuräuchern, dann
ist man auf der sicheren Seite.«

»Na wunderbar, du hast mich wirklich gut verstanden.
Marie ist jetzt vollkommen beruhigt«, sagte Mathilde, die sah,
dass Marie mit den Tränen kämpfte.

Nika ging voran. Sie trug in jeder Hand ein schwelendes,
nach Zimt und fremdartigen Gewürzen duftendes Räucherstäbchen, mit denen sie Kreise und geheimnisvolle Zeichen in
die Luft schrieb, sobald sie eine der Schlafkammern betraten.

»Eines muss man deinen Stäbchen lassen, sie überdecken
die abgestandene Luft in den Zimmern«, bemerkte Sonja, die
von Nikas Räucherwerk wenig hielt. Sauerstoff wäre ihr lieber,
sie würde später ordentlich lüften und schlechte Luft, jegliche
Energie und Rauchdunst vertreiben. Sie hatten ihre Zimmer

gefunden, kleine freundliche Stuben mit Bauernbetten aus
Fichtenholz, dazu passende Schränke, Kommoden, Tische und
Stühle, an den Fenstern rot-weiß karierte Vorhänge. Die Frau-
en waren beruhigt bis begeistert. Die Matratzen waren fest
und rochen nicht. Die Zimmer lagen im Oberstock, über dem
ehemaligen Kuhstall, ebenso der Waschraum mit einer blick-
dichten Duschkabine und zwei Toiletten.

»Wenn ich die Waschbecken in unseren Zimmern dazu
rechne, dann passt das doch, oder?«, hatte Mathilde bei der
Besichtigung gesagt. Außerdem hatte das Internet über diese
Einschränkung des gewohnten Komforts informiert.

»Solange alles sauber ist, hab ich kein Problem damit«, sagte Sonja und verscheuchte einen Rauchschwaden vor ihrem
Gesicht. Nika versorgte auch den Nassraum mit guter Energie.

Ob sie sich hier nachts auf die Toilette wage, bezweifelte
Marie. Ihr ängstlicher Blick durchwanderte den langen Flur im
Oberstock, der nur von zwei winzigen Fenstern an den Gie-
belseiten des Hauses tagsüber Licht bekam. Jetzt machte er,
von einer einzigen Deckenleuchte nur spärlich erhellt, einen
düsteren Eindruck. Es gab hier noch weitere Türen, hinter die
sie erst bei Tageslicht blicken wollten.

»Dir wird gar nichts anderes übrigbleiben, wenn deine
Wasser steigen. Aber ich geh mit dir, du kannst mich gern
wecken«, bot Nika sich an. Ein gemeinsamer Gang zur Toilette wäre auch in ihrem Sinn, und ein paar Tropfen oder auch
mehr kämen schließlich immer.

»Meinst du es ernst, ich darf dich wecken?«

»Aber ja, bevor du aus Angst die Matratze flutest!«

Die Anderen lachten, auch Marie. Nikas Angebot nahm
ihr dir Furcht vor der Nacht in diesem Haus, in dem es nach
Kuhstall und Unbekanntem roch, vor dessen Fenstern ein
plötzlich aufkommender starker Wind die Fichtenstämme am
Waldrand ächzen ließ. Sie nahm es daher gern in Kauf, dass
der Witz auf ihre Kosten ging.

Mathilde war am Morgen als erste in der Küche. Sie setzte die Kaffeemaschine in Gang, die ähnlich zu bedienen war wie ihre eigene daheim. Wer wohl diese Küche eingerichtet hat, dachte sie, ob es die Nonnen waren? Hier war alles vorhanden, vom Toaster bis zur Brotschneidemaschine, vom Eierkocher bis zum Pürierstab. Sie schnitt einen mitgebrachten Laib Brot auf der Maschine in handliche Scheiben, verteilte sie in zwei Körbchen und stellte sie auf denselben Tisch, an dem sie gestern Abend gegessen hatten. Sie nahm Tassen und Teller aus dem Wandschrank und deckte auf. Wurst, Käse und eine Tüte Milch hatten sie gestern Abend im großen Kühlschrank eingelagert. Mathilde goss Milch in ein Kännchen und legte kreisförmig Wurst und Käsescheiben auf eine ovale Servierplatte. Zwei Marmeladengläser aus eigener Herstellung stellte sie zwischen die Brotkörbchen. Butter käme erst aus dem Kühlschrank, wenn das Frühstück begänne, sie mochte ihn fest und kalt.

Sie schaute auf ihre Armbanduhr. In einer Viertelstunde, um neun Uhr, wollten sie sich zum Frühstück treffen. Sie hatte gut geschlafen im gemütlichen Bauernbett, und war vor den Anderen in den Waschraum gegangen, um sich in Ruhe zu duschen. Sie war Frühaufsteherin und liebte das Alleinsein am Morgen. Sie öffnete die Tür des ehemaligen Kuhstalls und ließ frische Luft in den Raum. Das konnte nicht schaden. In der offenen Tür stehend, blickte sie hinüber zum Waldrand, der seit dem gestrigen Abend näher gerückt schien. Ich erinnere mich gar nicht mehr, sinnierte sie, wie dicht das Haus am Wald steht, oder ich täusche mich. In der Dämmerung sehen die Dinge oft anders aus als am Tag, da zeigt sich die Realität in klarem Licht.

Nika und Sonja waren pünktlich zu Stelle, hatten gut geschlafen und freuten sich über den fertig gedeckten Frühstückstisch. Das ließe sich ja gut an, lobten sie Mathilde.

Als Letzte kam Marie. Die drei anderen hatten sich schon

Kaffee eingegossen und überlegt, ob sie nach ihr sehen soll-
ten, als sie schließlich eintrat. Sie machte einen übernächtigten
Eindruck, schleppte sich zu einem Stuhl und ließ sich auf die
Sitzfläche fallen.

»Ich bleibe hier nicht, macht was ihr wollt!«

»Was ist los, geht's dir nicht gut?«, fragte Nika. Sonja und
Mathilde setzten ihre Tassen ab.

Sonja vermutete, das könne sie jetzt nicht ernst gemeint
haben, und Mathilde füllte Maries Tasse und schob ihr das
Milchkännchen zu. »Trink erst mal einen Schluck Kaffee,
dann sag, was dir fehlt.«

Marie, die offensichtlich vergessen hatte, ihre Haare zu
kämmen, und dadurch etwas verwildert aussah, nahm die Tasse und trank gierig. Sie hatte sich gar nicht angekleidet, sondern in eine weite lange Strickjacke gehüllt, als habe sie vor,
schnellstens wieder in ihr Bett zu kriechen. Ihr Aussehen stand
in absolutem Widerspruch zu ihrer Ankündigung.

»In Schlafanzug und Strickjacke kannst du aber nicht ab-
hauen, da solltest du wenigstens deine Jeans überziehen, Schuhe wären auch nicht schlecht«, schlug Sonja vor, mit einem
Blick auf Maries kleine fleischige Füße, an denen ausgeleierte
Flip-Flops hingen. Sie dagegen saß mit frisch gewaschenem
Haar und dezent geschminkt, in einer hellblauen Jeansbluse
gut ausgeruht am Frühstückstisch.

Marie überhörte Sonjas Spott, sie hatte andere Probleme.

»Ich sag euch, hier stimmt etwas nicht. Heute Nacht wachte ich auf und hörte Kinder singen. Zuerst glaubte ich, ich hätte geträumt, aber dann spielte noch jemand eine Melodie auf
einem Hackbrett, und gar nicht schlecht. Ich war dann hell-
wach und sah auf die Uhr, die zeigte auf Zwei. Ich dachte, wer
singt denn um diese Zeit zu einer Hackbrettbegleitung, oder
ob eine von euch vielleicht, aber wie sollte das gehen? Dann
fiel mir ein, meine Uhr könnte stehen geblieben sein und ich
hätte womöglich verschlafen, und ihr wecktet mich mit Ge-

sang und Musik, hättet vielleicht irgendwo in diesem Haus ein Hackbrett aufgestöbert, aber spielen kann das doch keine von euch, oder?«

Mathilde, Nika und Sonja schüttelten den Kopf.

»Ich kann zwar alles«, sagte Sonja, »das wisst ihr ja, aber Hackbrett kann ich nicht.«

»Ja eben, das ist es ja, das wusste ich. Aber das war noch nicht alles. Ich stand auf und schaute aus dem Fenster. Die Nacht war so dunkel, wie sie dunkler nicht sein kann. Mein Wecker zeigte richtig auf zwei Uhr, ich verglich ihn mit meiner Armbanduhr. Ich ging wieder ins Bett und fand keine Ruhe. Ich war so beunruhigt, aber als ich auf die Tür sah, ich hatte sie abgeschlossen, da graute mir echt. Die Klinke ging auf und ab, als wolle jemand unbedingt eintreten. Wenigstens zehnmal bewegte sich der Türgriff. Jetzt frag ich euch, und gebt mir bitte eine ehrliche Antwort, wolltet ihr mich heute Nacht erschrecken?«

Marie war blass geworden bei ihrem Bericht. Die drei Freundinnen sahen sie an, sprachlos zuerst, dann beteuerten alle drei gut geschlafen und weder Gesang noch Musik gehört zu haben. Auch würden sie sich niemals, und wirklich niemals so einen blöden Spaß erlauben, sie wüssten ja, wie ängstlich sie sei und wären froh, wenn sie sich allmählich hier einlebe.

Mathilde dachte nach.

»Du hast dich gestern hier nicht wohlgefühlt, das Haus war dir von Anfang an unsympathisch, vielleicht haben dir deine Gefühle einen Streich gespielt und dich mit einem ungewöhnlich intensiven Traum erschreckt?«

Nika dachte in eine ähnliche Richtung. »Man weiß von Schlafwandlern, dass sie außergewöhnlich lebhaft träumen. Du bist immerhin zum Fenster gegangen, da bist du ja auch gewandelt. Vielleicht bist du Schlafwandlerin?«

Jetzt brach Marie in Tränen aus. Sie wollte aufstehen, blieb aber mit ihrer Strickjacke an der Tischkante hängen und warf,

als sie die Jacke losmachen wollte, ihre Tasse um. Sie war noch
halbvoll, der Kaffee schwappte auf den Tisch.

Mathilde fasste Marie am Arm und zog sie wieder auf ihren Stuhl. Sie saß neben ihr und legte den Arm um sie.

»Komm Marie, beruhige dich.«

Sonja holte einen Lappen aus der Küche und wischte die
Kaffeepfütze auf.

»Iss doch erst mal ein Brot oder ein Ei, mit leerem Magen
siehst du ja bald Gespenster. Wenn du gegessen hast, geht es
dir besser, glaub mir.«

Marie, überrascht von Sonjas freundlichem Ton, beruhigte
sich schneller als die Frauen vermutet hatten. Die Aussicht auf
ein kräftiges Frühstück vertrieb das Grauen der Nacht aus Maries Gedanken. Jetzt lachte sie und fühlte sich mit einem Mal
von den Anderen umsorgt und ernst genommen.

»Ich schlag vor«, sagte Mathilde, »wenn du ordentlich gegessen hast, gehst du duschen, danach untersuchen wir das
Haus bis in den letzten Winkel. Dann fahren wir einkaufen,
und am Abend kochen wir ein gutes Essen.«

Marie aß mehrere Wurstbrote, kicherte, als Sonja ihr im
Suppenschöpfer ein Ei reichte und trank reichlich Kaffee. Sie
fühlte sich besser, als sie, flankiert von Nika und Sonja den
Weg in den Oberstock antrat.

»Wir begleiten dich«, sagten die beiden, »duschen musst
du aber selbst!«

Während Maries Nachtschreck mit dem warmen Wasser
im Ablauf der Wanne versickerte und ihre Stimmung dabei
stieg, berieten sich Mathilde, Nika und Sonja über das weitere
Vorgehen während ihres Aufenthalts.

Sie wollten für Maries Wohlergehen sorgen, das sei das
Wichtigste, kamen sie überein. Bemühten sie sich nicht darum,
könnten sie ihre Taschen sofort wieder packen.

»Entweder wir bleiben alle oder keine«, entschied Mathilde.

»Seh ich auch so«, schloss Nika sich an, »Marie ist nun mal

ein ängstlicher Mensch, wir müssen darauf Rücksicht nehmen und dürfen ihre Ängste nicht durch blödes Gerede verstärken.«

Ihr Blick traf Sonja.

»Ja, hab schon kapiert«, sagte diese. »Mir war aber auch wirklich nicht klar, wie sensibel sie ist, ich meine, wenn man sie so sieht, so kompakt und fe…st«, das Wort »fett« war ihr gerade noch rechtzeitig unter die Zunge gerutscht.

»Leibesfülle hat nichts mit seelischer Stärke zu tun, Körpergröße ja auch nicht. Kleine Menschen sind manchmal viel mutiger als große, da gibt es Beispiele, auch in der Geschichte, ich könnte da einige nennen«, bot Nika an.

»Musst du jetzt nicht, und Napoleon ist vielleicht auch nicht gerade der schlagende Beweis für deine Behauptung«, antwortete Sonja.

»Ich dachte nicht an Napoleon, eher an Mutter Theresa, die, so klein wie sie war, als sehr mutige Frau neben ihrer sozialen Leistung auch Politikern ins Gewissen redete. Ich glaube, Gandhi war auch klein, klein und zierlich, und was hat der alles bewegt!« Nika suchte nach weiteren Beispielen, das sah man ihr an.

»Also«, sagte Mathilde, »egal, wer wo, wie und warum vieles bewegte, wir müssen jedenfalls für Marie sorgen, und das geht vor allem mit gutem und reichlichem Essen. Hat sie Hunger, kommt die Angst, vielleicht Angst vor vielem, was weiß ich. Doch gibt es in ihrem Leben einen Punkt über den sie nie spricht, nur einmal hat sie mir etwas anvertraut, ich soll es nicht weitersagen, nur so viel, was glaubt ihr denn, warum sie dauernd isst?«

Nika und Sonja wussten es nicht, wollten aber Rücksicht nehmen und vor allem während dieser Tage das Wort Diät aus ihrem Sprachschatz verbannen.

Mit der frisch geduschten Marie gingen sie durch das Haus, besahen sich Zimmer für Zimmer und entdeckten im Oberstock drei weitere Schlafräume mit Stockbetten und einen kleineren

Aufenthaltsraum, ausgestattet mit einer bescheidenen Bibliothek. In einer Glasvitrine lasen sie auf dicht aneinander stehenden Buchrücken Namen unbekannter oder vergessener Auto-
ren, die schon längst vom aktuellen Buchmarkt verschwunden
waren. Zwei Polstersofas und drei Sessel zeigten deutliche Sitz-
spuren. Marie ließ sich auf eines der Sofas fallen und klopfte
prüfend mit der flachen Hand auf das Polster.

»Gar nicht schlecht«, meinte sie. »Hier könnten wir abends
gemütlicher sitzen als unten auf der Holzbank im Aufenthaltsraum, außerdem ist es von hier aus nicht so weit zur Dusche
und zu unseren Zimmern.«

»Gute Idee«, lobte Nika, »das machen wir.«

Sonja und Mathilde tauschten Blicke. Sehr gut, Marie will
bleiben, sie denkt an die Abende.

Sie schauten in alle Ecken des Hauses, öffneten, wieder im
Erdgeschoss, eine Tür zu einem zusätzlichen WC, die sie zuvor
übersehen hatten.

»Wie praktisch«, freute sich Mathilde, und besah sich Putz-
eimer, Besen und einen Staubsauger, die in der Toilette hinter einem geblümten Vorhang auf ihren Einsatz warteten. Sie
schlug den Vorhang vollkommen zur Seite, um ungehindert
auch in dieser Nische einen freien Blick in alle Winkel zu haben.

»Ich glaube, es gibt jetzt keine Stelle mehr in diesem Haus,
die unseren Augen entgangen ist, was meint ihr, können wir
uns jetzt anderen Dingen zuwenden, wie Einkaufen fahren?
Wir brauchen dringend Nahrungsnachschub, unsere Versor-
gungslage wird kritisch!«

Zu viert fuhren sie nach Ecktal, ein Marktflecken, einige
Kilometer vom Hof entfernt. Dort würden sie einen Supermarkt finden, hatte die Oberin des Kurheims versprochen. Die
Aussicht, einen Supermarkt zu besuchen, hatte auf Marie eine
berauschende Wirkung. Sie saß neben Mathilde, redete unauf-
hörlich, als gelte es, nun ihrerseits die Freundinnen von den
Vorzügen dieses gemeinsamen Aufenthalts zu überzeugen.

»Ihr werdet sehen, wie schön es hier ist, seht mal, wir fahren direkt auf die Berge zu! Ein guter Platz zum Zeichnen und Malen ist das hier, unzählige Motive gibt es, dieser Baum da vor der kleinen Kapelle, am liebsten würde ich jetzt sofort meine Farben holen.«

»Heute Nachmittag könnten wir loslegen«, schlug Sonja vor. »Ich setz mich hinters Haus und zeichne, was ich vor die Augen bekomme, das dürfte für heute meine künstlerischen Ambitionen ausreichend befriedigen.«

Sie erreichten Ecktal. Der kleine Ort am Fuß eines Höhenzugs fristete in unmittelbarer Nähe zur Hochalpenregion ein bescheidenes Dasein. Touristen fuhren ohne Interesse für eine sehenswerte Barockkirche auf direktem Weg ins Schi- oder Wandergebiet, das auf der anderen Seite des bewaldeten Ecktaler Bergkamms seine Pforten öffnete. »Durchgangsland« nannten die Bewohner des Ortes ihre Heimat jenseits des Touristengebiets. Sie waren nicht unglücklich damit. Hier war vieles so geblieben, wie es schon immer gewesen war. Man hatte eine eigene Gemeindeverwaltung mit kleiner Polizeistation, eine schöne Kirche und vor allem seine Ruhe. Ein Supermarkt am Ortseingang versorgte die Ecktaler nicht nur mit einem ausreichenden Sortiment an Waren, sondern bot auch die Möglichkeit, Neuigkeiten auszutauschen. Der Geschäftsführer hatte im Eingangsbereich für diesen Bedarf drei Bänke im offenen Quadrat bereitgestellt. Zwei Frauen saßen dort und unterhielten sich, als die Freundinnen das Geschäft betraten. Augenblicklich unterbrachen die beiden ihr Gespräch und musterten ungeniert Mathilde und Sonja, dann Marie und Nika, die sich um einen Einkaufswagen bemühten. Die Münze klemmte im Schlitz des Wagenschlosses und ließ sich nicht weiterschieben.

»Habt ihr ein anderes Geldstück, unseres passt nicht«, rief Marie überlaut und entdeckte in diesem Moment die beiden Frauen auf einer der Bänke. Aufgekratzt wie schon lange nicht mehr, ging Marie auf die Frauen zu.

»Könnten sie uns mit einer Münze aushelfen, gegen Kleingeld, ginge das?«

Sonja hatte bereits ein passendes Geldstück zur Hand.

»Marie, versuch es damit«, sagte sie, ging dann aber selbst zu dem Wagen und tauschte die Münzen aus, da Marie unabkömmlich die Frauen über den Zweck ihres Einkaufs informierte.

Vorräte müssten sie einkaufen, möglichst gleich für mehrere Tage, damit sie Zeit für ihre Malerei hätten, hörte sie Marie sagen.

»Was, Malerinnen seid ihr?«, wunderten sich die beiden.

»Ja, wir wollen hier vor allem die schöne Landschaft malen, auch Bäume, Blumen, alles was uns gefällt und vor unserer Haustür liegt.«

»Wo wohnt ihr denn, fragten die Frauen beinahe gleichzeitig und neugierig.

»Im Reitbergerhof, nicht weit von hier«, antwortete Marie, »wir sind erst gestern angekommen.«

»Im Reitbergerhof«, sagte die offensichtlich Ältere der beiden, als höre sie diesen Namen zum ersten Mal, dann schien er ihr doch nicht so ganz unbekannt zu sein. »Gehört der nicht zum Kloster Moortal, den Nonnen von Moortal?«

»Stimmt«, bestätigte Marie, »den Schlüssel für das Haus holten wir aber in Hochried, im Kurheim Hochried bei den Schwestern. Nichts wollte sie den Frauen vorenthalten, die dankbar nickten.

»Ja ja«, sagte die Frau, »die Schwestern von Moortal betreiben das Kurheim Hochried. Ist das nicht auf übergewichtige Leute spezialisiert?«

Marie gab keine Antwort auf diese Frage. Die Frau sah auch keinen Zusammenhang zwischen ihrer Bemerkung und der schwerwiegenden Marie, die so tat, als habe sie die Frage gar nicht gehört. Die Frau schien über etwas nachzudenken.

»Reitbergerhof, Reitbergerhof«, sinnierte sie. Dann schien

sie zu finden nach was sie in ihrer Erinnerungskiste gesucht hatte.

»Soso, im Reitbergerhof seid ihr gelandet, du liebe Zeit, na dann lasst es euch dort gut gehen, ein bisschen sehr einsam liegt er ja. Dass die Nonnen das alte Haus immer noch vermieten, ich weiß nicht, aber die werden hoffentlich wissen was sie tun.«

Die Frauen steckten jetzt die Köpfe zusammen und schenkten Marie keine Beachtung mehr. Als Marie endlich den anderen folgte, sahen die Beiden den Malerinnen kopfschüttelnd hinterher.

Mathilde hatte eine Liste in der Hand und verteilte Aufträge.

»Nika, bring noch einen Beutel Kartoffeln, Eier müssen auch in dieser Ecke irgendwo sein. Marie, du könntest Nudeln suchen, bring Spaghetti für heute Abend und die gedrehten, oder wollt ihr lieber andere essen?«

Sie füllten den Einkaufswagen nach Mathildes Plan, aber auch nach persönlichen Wünschen. Heute Abend würden sie in eine gemeinsame Haushaltskasse einbezahlen, wäre diese leer, legten sie nach.

»Was ist mit Wein, wollen wir welchen?« Sonja blickte in die Runde.

»Also ich brauch keinen, ich trinke Wasser oder Tee«, sagte Nika.

»Das sieht man«, sagte Sonja und bereute sofort ihre Bemerkung.

»Wie meinst du das?«

»Na ja«, versuchte sich Sonja herauszureden. »Man sieht dir halt an, wie gesund und diszipliniert du lebst. Ich hab das positiv gemeint.«

Nika sagte nichts. Sie glaubte Sonja nicht, denn der Ton in ihrer Stimme hatte etwas anderes verraten. Sie wusste ja, Sonja nahm ihren neu eingeschlagenen Weg mit Meditation und vegetarischer Kost, mit Sinnsuche und Pilgerschaft nicht ernst. Dass sie sich aber immer wieder darüber lustig machte, kränkte und störte sie gewaltig. Warum konnte Sonja sie nicht in Ruhe lassen? Die einfachste Sache der Welt wäre das, Mund halten, Ruhe geben, den anderen sein lassen, so wie er ist, was ist daran so schwer? Vielleicht nutze ich die Tage hier und rede mit Sonja über das Problem, das könnte ihr vielleicht irgendwie guttun, und mir könnte es helfen.

Mit einem Waschkorb voller Lebensmittel, einem Karton Rotwein, den Sonja auf eigene Kosten gekauft hatte, »ihr seid herzlich auf einen Schluck eingeladen«, fuhren sie zurück. Die Straße kam ihnen kurviger vor als auf dem Hinweg, auf dem sie mehr Marie beachtet hatten als die Wegstrecke. Kleinere Senken wechselten sich mit weitläufigen Wiesenhügeln ab, auf denen hohes Gras in einem leichten Wind schaukelte. Ein Wegkreuz markierte die Auffahrt zum Reitbergerhof. Sie fuhren ohne die gestrige Anspannung und gut gelaunt vor das Haus, auf dessen Türschwelle ein kleines Mädchen saß.

»Sag mal, was soll das«, entfuhr es Sonja. »Wer von euch hat denn die Kleine in Auftrag gegeben?«

Niemand antwortete, alle starrten auf das kleine Mädchen, das anscheinend auf die Frauen gewartet hatte, und sich zu einer freudigen Begrüßung erhob.

»Da seid ihr ja«, rief es und winkte mit einer Puppe, die es im Arm gehalten hatte. Der Begriff Puppe traf den hölzernen Gegenstand allerdings nur ungenau. Ein archaisches Wesen mit einer grob geschnitzten Holzkugel als Kopf, ein rundholzartiger Leib an dem Stöckchen für Arme und Beine baumelten, erinnerten eher an eine misshandelte Kasperfigur aus der Rumpelkammer.

»Ach, ist die Kleine niedlich«, sagte Marie und ging auf das Kind zu. »Wie heißt du denn, willst du es uns sagen?«

Sie sprach langsam und überdeutlich, als spreche sie mit einem schwerhörigen Mädchen.

Die Kleine nickte eifrig mit dem Kopf.

»Ich bin Hermine«, sagte sie, und als wundere sich das Kind über diese Frage wiederholte es: »Ich bin doch die Hermine.«

»Die Hermine bist du«, sagte Marie, als habe sie endlich verstanden, wer das Kind sei.

Mathilde und Nika waren nähergekommen.

»Sie heißt Hermine«, und leise, nur für die Freundinnen bestimmt, fügte sie hinzu: »Wer nennt denn heutzutage sein Kind Hermine?«

Sonja hatte inzwischen kopfschüttelnd den Waschkorb mit den Versorgungsgütern auf den Boden gestellt. Den Karton mit den Weinflaschen stemmte sie sich auf die linke Hüfte und schlug die Heckklappe zu.

»Ich kenn da noch ganz andere Namen, ich sag euch, Eltern gibt's, die lassen sich echt was einfallen! Eine Familie namens Ring nannte ihren Sohn Saturn. Phonehild kenn ich auch, und Mega Los ist auch schon standesamtlich durchgegangen, da ist Hermine geradezu Steinzeit.«

Das Kind schaute erwartungsvoll zu den Frauen auf. Es trug ein wadenlanges, schlichtes Baumwollkleidchen mit kurzen, gerade geschnittenen Ärmeln. An den Füßen waren braune Lederstiefelchen nur zur Hälfte geschnürt, als habe die Mutter des Sommertages wegen ein Einsehen gehabt. ‚Heute ist es so warm Hermine, da schnüren wir deine Stiefel nur bis zum dritten Loch‘, dachte Sonja, aber sagte es nicht. Hermine hatte glattes, feines Haar, das durch Mittelscheitel geteilt zu zwei dünnen Zöpfchen geflochten war. Nika erinnerte sich an ein Kinderbuch mit Bildern eines Mädchens, das diesem hier ähnelte.

»Woher kommst du denn Hermine, wo sind deine Eltern, habt ihr vielleicht ein Picknick gemacht, oder eine Wanderung?«

»So viele Fragen auf einmal!«

Hermine dachte kurz nach, dann antwortete sie mit großer Bestimmtheit.

»Mein Vater wird mich abholen, ich soll auf ihn warten.«

»Ach, so ist das, wie praktisch«, lästerte Sonja, doch das kleine Mädchen verstand die Zweideutigkeit in ihrer Stimme nicht.

»Ja«, sagte es ernst, »er wird mich holen.« Es drückte das Puppending an sich und strahlte.

Ist schon komisch, dachte Mathilde. Sie wusste nicht was sie denken, was sie von diesem Vater halten sollte. Wie kam er dazu, die Kleine hier einfach auf der Türschwelle abzusetzen? Hoffentlich käme der Kerl demnächst mit einer sehr sehr guten Erklärung und holte sein kleines Mädchen ab.

»Na, dann komm erst mal mit ins Haus, entschied sie, hier draußen kannst du jedenfalls nicht alleine sitzen bleiben, vielleicht hast du auch Durst oder Hunger?«

»Ja, ich habe Durst und Hunger«, sagte Hermine und griff voll Vertrauen nach Maries Hand. Maries Augen weiteten sich. Hermine hatte nach ihrer Hand gegriffen, hatte sie vor ihren Freundinnen zur Begleiterin erwählt, damit bevorzugt, gewissermaßen auserkoren, weil sie, Marie, als erste das Kind freundlich begrüßt hatte. Wie eine Siegerin ging sie mit Hermine an der Hand über die Schwelle des ehemaligen Kuhstalls.

»Siehst du«, sagte sie und ging dabei in die Hocke, »hier gibt es Tische und Stühle, an denen sitzen wir, essen und trinken und unterhalten uns.«

Hermine hielt das Puppending mit beiden Händen hoch.

»Siehst du Karli, hier gibt es Tische und Stühle, an denen sitzen wir, essen und trinken und unterhalten uns.«

Die auf ihren Fersen hockende Marie beugte sich vor und wurde noch ein bisschen kleiner, als schmelze sie dahin.

»Ist sie nicht wonnig«, konnte sie gerade noch sagen, dann flossen ihre Tränen.

Hermine staunte.

»Warum weinst du«, fragte sie interessiert.

»Weil ich mich freue, dass du gekommen bist«, schluchzte sie, suchte nach einem Taschentuch in ihrer weiten Kittelbluse und putzte sich damit die Nase.

Nika dachte, das Kind hat bei Marie einen wunden Punkt berührt, sonst würde sie jetzt nicht weinen. Womöglich ist es derselbe Punkt, der auch für Maries Esslust verantwortlich ist. Sie nahm sich vor, Marie in diesen Tagen mehr zu beachten, öfter mit ihr zu sprechen, vielleicht gelänge ihr dadurch Maries Blockade aufzulösen, das wäre schließlich genauso wichtig, ach, eigentlich viel wichtiger, als Bilder zu malen.

Sonja, die sich in die Küche verzogen hatte, um Kaffee aufzusetzen, empfand diese Kinderüberraschung als eine ziemlich unangenehme, die ihr bereits gewaltig auf die Nerven ging.

»So ein Theater«, sagte sie zu Mathilde, die ihr nachgegangen war. »Was bildet sich so ein Vater nur ein, sein Kind vor fremder Leute Tür abzustellen? Wenn wir Pech haben, hat er es ausgesetzt und kommt nie wieder.«

»Du liebe Zeit, sag sowas nicht!«

Mathilde erschrak. Sie öffnete die Verpackung eines Kuchenpakets. Vor dem Backshop des Supermarkts waren sie alle schwach geworden. Heute, zum Einstand, würden sie sich Krapfen und diese herrlichen Himbeerschnitten gönnen, morgen sehe man weiter. Sie könne morgen etwas backen, hatte Marie zuversichtlich vorgeschlagen und an einige Päckchen verschiedener Backmischungen gedacht, die sie vorausblickend in ihre Reisetasche gelegt hatte.

Mathilde machte sich plötzlich große Sorgen, denn Sonjas Befürchtung erschien ihr mit einem Mal die einzig vernünftige Erklärung für diese kuriose Situation zu sein. Natürlich, da hat einer gewusst, dass Frauen das Haus gemietet haben, und die Gelegenheit genutzt sein Kind in deren Hände zu geben. Frauen, in der Regel mütterlich freundliche, hilfsbereite Wesen, die sich mit Sicherheit um seine Kleine kümmerten. Womöglich war er gar nicht so weit weg vom Haus gewesen, oder noch nah genug, um sich vom guten Fortgang seiner verwerflichen Entscheidung selbst zu überzeugen. Vielleicht hatte er sich im Wald versteckt, hinter den mächtigen Fichtenstämmen, und war dann nach einer befriedigenden Einschätzung der Situation, im endlos erscheinenden Dunkel des Ecktaler Forsts verschwunden.

»Sonja, du hast recht, mir fallen gerade jede Menge Schuppen von den Augen. Hermine wurde ausgesetzt, es kann ja gar nicht anders sein!«

Mathilde warf den Tortenheber, mit dem sie die Kuchenstücke auf eine Platte gesetzt hatte, in hohem Bogen in eines der tiefgründigen Spülbecken.

»Sag ich ja«, schimpfte Sonja, »der Vater haut ab und wir haben das Problem mit seinem Kind. Ich bin sowas von wütend, dazu noch die vor Rührung triefende Marie. Ein schöner Aufenthalt kann das hier werden, so hab ich ihn mir jedenfalls nicht vorgestellt.«

»Das haben wir uns alle etwas anders gedacht, außer vielleicht Marie, sie scheint ja glücklich zu sein. Eigentlich ist das gut so, und Marie kann sich deshalb gerne um die Kleine kümmern. Aber eines ist auch klar, erscheint der Vater nicht binnen einer Stunde, verständigen wir die Polizei, das müssen wir sogar tun, womöglich wird das Kind sogar vermisst.«

Ein neuer Gedanke tauchte auf. Vielleicht war Hermine weggelaufen und erzählt uns ein Märchen?

Nika wollte sehen, wie weit die Kaffeevorbereitungen gediehen waren und hatte die letzten Sätze mitbekommen.

»Es gibt in Bruckmünden, etwa 20 km von hier, einen Gutshof, der von einer Sekte bewirtschaftet wird. Sekte ist vielleicht zu viel gesagt, eine Aussteigergemeinde ist es halt, aber mit religiöser Motivation. Die Leute leben von dem, was sie erwirtschaften, mehr recht als schlecht und machen den Eindruck, als wären sie irgendwie aus der Zeit gefallen. Sie bauen Gemüse an, halten ein paar Schafe, auch Hühner, verkaufen Eier. Man hat Webstühle für Kleidung, die Frauen stricken Schafwolljacken. Vielleicht gehört Hermine zu ihnen, ihrem Aussehen nach könnte sie zu dieser Gruppe ganz gut passen.«

»Stimmt«, sagte Sonja, »das ist genau der Punkt. Sie sieht aus wie aus der Zeit gefallen!«

Mathilde dachte nach.

»Gut möglich, dass Hermine diesen Alternativen entwischt ist, aber wie kommt sie bis hierher? Zu Fuß ganz sicher nicht, der Weg von Bruckmünden zum Reitbergerhof ist zu weit für ein Kind in ihrem Alter.« Sie schätzte Hermine auf höchstens vier Jahre.

»Egal, woher sie kommt und wer sie ist, trinken wir erstmal Kaffee, dann rufen wir die Polizei«, beschloss Mathilde.

»Wer sie ist, wissen wir ja schon, ich bin die Hermine, sagte sie, wenn das mal keine hilfreiche Erklärung ist«, schimpfte Sonja. Sie schraubte den Deckel auf die Thermoskanne.

»Kaffee ist fertig«, rief sie in einem Ton, als müsse sie eine sehr ärgerliche Botschaft verkünden.

Das Kind saß dicht neben Marie auf der Eckbank und trank Apfelsaft. Anscheinend hatte es sich in den kugelrunden Krapfen auf seinem Teller verliebt, denn es lächelte ihm glücklich zu. Es wagte nicht, das Gebäck in seine Händchen zu nehmen und zuzubeißen. Mit dem rechten Zeigefinger berührte es vorsichtig die zuckrige Oberfläche und drückte winzige Dellen in den aufgeblasenen Teig. Dann leckte es den Zucker von der Fingerspitze.

»Du darfst den Krapfen essen, wenn er dir schmeckt«, sagte Marie, »Mund auf und rein damit!«

»Aber dann geht er kaputt«, sagte Hermine. Sie hielt den Karli in der anderen Hand und ließ ihn an dem Krapfen riechen.

»Vielleicht mag der Karli in den Krapfen beißen?«, versuchte Marie Hermines Esslust anzuregen, doch die Kleine schüttelte den Kopf. »Nur riechen darf der Karli, nicht kaputt machen.«

»Möchtest du lieber ein Stück Kuchen haben?«, sagte Marie, die froh war, die Kuchenstücke nicht zu knapp bemessen eingekauft zu haben. Nika lachte und beobachtete gespannt Maries Bemühungen, das Kind zum Essen zu bewegen. Sonja verdrehte die Augen und versteckte sie hinter ihrer Kaffeetasse, einem geräumigen bauchigen Henkeltopf.

Hermine schüttelte wieder den Kopf, dieses Mal zustimmend, ja Kuchen, aber den Krapfen wolle sie behalten. »Den guten Ball möchte ich mitnehmen.«

»Wohin soll denn der gute Ball gehen?«, fragte Mathilde schlau und erhoffte sich einen Hinweis auf Hermines Herkunft.

Aber den konnte das Kind nicht liefern, das auch die Frage gar nicht verstanden hatte. Sie weiß offensichtlich nicht, wohin sie, der Karli und der Krapfen gehen würden, wenn, ja wenn dieser Vater, dieser leichtsinnige Mensch irgendwann käme, um sie alle drei abzuholen, dachte Mathilde und seufzte. Sie schaute auf ihre Armbanduhr und gab Nika ein Zeichen mit den Augen: es wird Zeit, das Kind zu melden.

Mathilde ging vor das Haus, setzte sich auf eine Holzbank neben der Tür des Essraumes und wählte auf ihrem Handy den Polizeiruf. Sie schaute hinüber zum Waldrand. Er schien wieder mehr Abstand zum Haus zu halten, sich vor ihren Augen zurückzuziehen. Als sich der Beamte meldete, kam es Mathilde vor, als mache die erste Baumreihe einen Sprung rückwärts.

So eine blöde Optik hier, diese Bäume spielen echt verrückt. Je länger man in diesen Wald starrt, desto lebendiger wird er, dachte Mathilde. Dann erklärte sie dem Mann die Lage.

Als Mathilde zurückkam, pflückte Hermine Himbeeren von ihrem Kuchenstück, hielt sie zuerst dem Karli an den Holzkopf und steckte sie dann selbst in den Mund. Marie bekam auch eine Beere. Inzwischen saß die Kleine bereits auf Maries Schoß, die den Arm um das Kind, und ihre Wange an seinen Hinterkopf gelegt hatte.

Ach, Marie, dachte Mathilde, was soll das hier werden.

»Hört mal her«, sagte sie ohne Rücksicht auf das Kind, das sich keinen Augenblick lang von Marie trennen ließ, und das sie deshalb in ihre Ankündigung mit einbeziehen musste.

»Die Kleine bleibt diese Nacht bei uns, der Beamte bat darum. Derzeit wird nirgends ein Kind vermisst. Das kann sich schnell ändern. Vielleicht sieht die Lage bald anders aus. Er schickt morgen jemand vorbei, heute lässt sich nichts mehr erreichen, aber er ist für die Meldung dankbar und bittet uns, für das Kind derweil zu sorgen.

»Sowas geht ja gar nicht«, empörte sich Sonja, »weiß der denn, wer wir sind, was wir im Schilde führen?«

»Ich hatte eher den Eindruck, dass er die Angelegenheit nicht besonders ernst nahm. Als ich vom Reitbergerhof sprach, reagierte der Beamte eigenartig. Ah, da seid ihr, jetzt machen Sie sich mal keine Sorgen, sagte er, als käme es häufiger vor, dass dort jemand ein Kind hinterlässt.«

Hermine fütterte mit Hingabe den Karli und schien Mathildes Bericht nicht zu hören. Dann sagte sie mehr zu der Puppe als zu den Frauen:

»Der Vater holt uns ab, wir müssen auf ihn warten.«

»Wo ist denn dein Vater?«

Mathilde bemühte sich, nicht zu viele Fragen auf einmal zu stellen.

»Ich weiß nicht«, sagte die Kleine, »ich muss warten.«

»Seid ihr hier zu Besuch, vielleicht bei der Oma, dem Opa?«

Hermine verstand die Frage anscheinend nicht, oder wollte sie nicht beantworten. Sie schüttelte den Karli so wild hin und her, dass seine Stöckchenglieder klapperten, dabei lachte sie fröhlich.

Mathilde gab ihre Fragerei auf.

»Marie«, überlegte sie, »könntest du mit Hermine vielleicht einen kleinen Spaziergang machen, draußen oder im Haus, egal wo?«

Zum Glück verstand Marie. Mathilde wollte mit Sonja und Nika die Lage besprechen, aber nicht in Hermines Anwesenheit. Vielleicht hatte der Polizist einen Verdacht geäußert, der nicht für die Ohren eines Kindes bestimmt war.

»Komm Hermine«, sagte sie, »wir gehen ein bisschen durchs Haus, ich zeig dir dein Bettchen, in dem du schlafen kannst, schöne Bilderbücher gibt es hier auch.«

Sie umfasste das kleine Mädchen mit beiden Händen und stellte es auf den Boden. Sofort griff Hermine wieder nach Maries Hand und hielt sich an ihr fest. Marie lachte.

»Was soll ich machen«, sagte sie beinahe verlegen.

»Schon gut«, sagte Nika, »du machst das echt gut!«

Zuversichtlich tappte Hermine in ihren winzigen Stiefelchen mit Marie in Richtung Küche, den Karli fest in der Hand. Dort würde Marie dem Kind die vielen Töpfe und Pfannen zeigen, dem Karli auch, der würde staunen, und der gute Ball würde so lange auf Hermine warten, versprach Marie und schloss die Tür.

Kaum war Marie mit der Kleinen verschwunden, machte Sonja ihrem Ärger Luft.

»Was ist das jetzt nur für ein Affentheater mit diesem Kind. Die Polizei darf doch nicht annehmen, dass wir hier Pflegefamilie spielen, auch wenn Marie total darauf abfährt. Die müssen sich doch kümmern, von der ersten Minute an, in der sie informiert sind, müssen die sich kümmern. Die Polizei kann die Sorge für das Kind nicht auf uns abwälzen, was, wenn wir keine guten Absichten haben, die kennen uns doch gar nicht. Ich finde außerdem, man mutet uns etwas zu, auf das wir uns nicht einlassen sollten!«

»Wenn wir schlechte Absichten hätten, würden wir den Fall erst gar nicht melden, denk doch mal nach«, bemerkte Nika. »Was regst du dich eigentlich so auf, was ist dabei, wenn Hermine heute Nacht hier schläft. Marie übernimmt das Kind vollkommen, das sehen wir doch, und am Ende liegt es bei Marie im Bett, es lässt ja nicht die Hand von ihr.«

»Na, das wird aber reichlich knapp werden, wie soll denn neben Marie noch Platz sein in dem schmalen Bauernbett, die passt ja selbst kaum rein.«

»Sei nicht so gemein«, mahnte Nika, »siehst du nicht, wie glücklich Marie mit Hermine ist. Lass ihr die Freude und mach nicht alles komplizierter, als es sowieso schon ist. Morgen wird das Kind abgeholt, so oder so, dann haben wir wieder unsere Ruhe und können malen.«

»Marie wird leiden«, prophezeite Mathilde. Sie dachte nach.

»Der Polizist fand, wir sollten uns den Aufenthalt nicht vermiesen lassen, es würde sich alles regeln.«

»Na hör mal, wie sollten wir den Aufenthalt genießen können mit diesem Problem. Bei dem knallt es wohl im Kopf. Ein herrenloses Kind läuft einem ja nicht alle Tage zu. Wenn es um einen Hund ginge, wäre ich dabei, aber ein Kind! Wisst ihr was, Hermines Vater gehört angezeigt, und ich besorge das. Der kann was erleben.«

Sonja ballte kampflustig eine Hand zur Faust.

»Ein Kind ist mir entschieden lieber als ein Hund«, sagte Mathilde, die sich vor Hunden fürchtete. »Aber das geht wirklich zu weit, was du sagst. Das Kind ist da, wir können das im Augenblick nicht ändern, aber wir haben das große Glück mit Marie, die uns die Kleine vollkommen abnimmt. Wisst ihr eigentlich, dass Marie vor zwanzig Jahren ein Baby verloren hat? Ein kleiner Junge war es, er starb am plötzlichen Kindstod. Halte dich also bitte mit deinen Äußerungen zurück.«

»Ach, das wusste ich nicht, das ist ja schrecklich. Marie spricht nie darüber. Das tut mir aber leid für sie«, sagte Nika. »Gut, dass du uns informierst Mathilde, nun wissen wir es und können darauf Rücksicht nehmen. Die arme Marie.«

Nika war bestürzt. Sonja schaute betreten in ihre Kaffeetasse.

»Normalerweise hätte ich es euch nicht gesagt, ich hatte es Marie eigentlich versprochen, aber ich glaube, ihr werdet Marie besser verstehen können, jetzt in unserer Situation. Aber behaltet es möglichst für euch.«

Sonja nickte nur, sie war offensichtlich betroffen.

Nika fand schnell eine klärende Erkenntnis.

»Jetzt versteh ich auch Maries Suchtverhalten. Sie muss essen, im essen findet sie, wenn schon nicht Trost, so doch Befriedigung. Vielen Menschen geht es so.«

»Ja, und ich brauch jetzt einen Schnaps, das ist meine Sucht. Ich denke, auch dafür gibt es einen Grund, ich werde darüber nachdenken. Möchtet ihr auch ein Schlückchen?«

Das war schon wieder die vertraute Sonja, die sie kannten, die Ungereimtheiten und Schwierigkeiten gerne so schnell es ging mit etwas Alkoholhaltigem davonschwemmte. Sie hatte im Supermarkt nicht nur Wein besorgt, sondern auch an etwas Schärferes gedacht und einen Birnenbrand gekauft, die Flasche sofort im großen Wandschrank griffbereit deponiert, in unmittelbarer Nachbarschaft zu einem Satz Schnapsgläschen.

»Also, wollt ihr?«

»Ja gern«, sagte Mathilde, »ich denke, ich kann jetzt gut einen vertragen.«

Nika überlegte noch und schloss sich freundschaftshalber an.

»Ich lass euch in diesem besonderen Fall doch nicht im Stich.«

In großer Einmütigkeit saßen sie mit einem Mal beieinander, hielten die Gläschen hoch und tranken zuerst auf Marie, dann auf das Kind und den Karli, auf den guten Ausgang der seltsamen Geschichte sowieso, und beim zweiten Glas auf die Polizei.

»Auf Hermines Vater trink ich nicht, Strafe muss sein,« sagte Sonja, »vielleicht noch auf die Nonnen, die uns dieses komische Haus vermieten, und auf den Wald, diesen dunklen, dunklen, finsteren Tann.«

»Der Wald steht schwarz und schweiget«, sang Nika, »und aus den Wiesen steiget, der weiße Nebel wunderbar«, vollendeten Sonja und Mathilde den Vers. Sie lachten und konnten sich kaum beruhigen.

Die Tür ging einen Spalt breit auf, und der Karli schaute in den ehemaligen Kuhstall, fest in Hermines Hand. Marie hielt die andere Hand des Kindes in der ihren, es sah aus, als wären sie beide inzwischen unlösbar miteinander verschmolzen.

»Was ist denn hier los«, sagte Marie, »warum seid ihr so lustig?«

»Sie sind so lustig«, sagte das Kind und suchte mit den Augen den Krapfen, der noch auf dem Teller lag.

»Siehst du, Hermine, der gute Ball ist noch da, meine Freundinnen haben ihn bewacht.«

Die drei Gutgelaunten lachten noch lauter als zuvor.

»Ja, wir haben auf deinen Krapfen aufgepasst, damit ihm nichts passiert. Schau Hermine, er ist noch rund und schön«, sang Nika in Anlehnung an die zuvor gesungene Liedstrophe. Das Kind freute sich offensichtlich und drückte den Karli vor die Brust. Es zog Marie zum Tisch, ließ plötzlich ihre Hand los und setzte sich vor den guten Ball. Mathilde empfand mit einem Mal eine unendliche Rührung bei Hermines Anblick. Dieses kleine Wesen saß vor einem kugelrunden Krapfen, den es nicht kaputt machen wollte und schien in dem Moment der glücklichste Mensch auf der Welt zu sein. Das alberne Lachen verging ihr. Sie fühlte eine tiefe Zuneigung für Hermine, aber auch für Marie, Nika und Sonja. Sie wunderte sich, woher diese Liebe kam. Wie ein zarter Schleier war sie über alle und alles hier gefallen, und ließ die kleine Welt in diesem Raum in einem neuen Licht erscheinen. Sie schaute sich um. Fühlten die anderen diesen Zauberschleier ebenso, spürten sie dasselbe wie sie?

»Marie, du guter Engel, möchtest du einen Schnaps?«, fragte Sonja, und Nika stellte ihr Glas mit der Öffnung nach unten auf den Tisch zum Zeichen, dass sie genug getrunken habe. Marie genehmigte sich ein Gläschen und erzählte von dem Spaziergang durch das Haus.

»Hermine fand die Dusche interessant, der Karli durfte seine Füße waschen. Ein Bilderbuch von kleinen Entchen hat ihr gefallen, wir schauten es mehrmals an. Der Karli durfte sich auch ein bisschen in mein Bett legen, das hat ihm gut gefallen, nicht wahr Hermine?«

Das Kind saß inzwischen wieder auf Maries Schoß und nickte zustimmend mit dem Kopf.

Der Karli ginge als Bettgenosse gerade noch durch, doch Hermine, womöglich mit Krapfen, das wird, zusammen mit Marie äußerst eng, dachte Sonja. Doch sofort rief sie sich selbst zur Ordnung. Denk nicht schon wieder so ironisch. Warum tust du das, warum kannst du die Menschen und ihre Anliegen nicht ernst nehmen? Sie bekam es nicht in den Griff, ihre Sichtweise zu ändern, um ihre Mitmenschen nicht ständig als Karikaturen wahrzunehmen. Hinter vielem sah sie vor allem den komischen Anteil, der sie allerdings befähigte, tatsächlich Karikaturen zu zeichnen. Sie belieferte seit Jahren einige Zeitschriften regelmäßig mit teils bissig humorvollen Illustrationen. Was bin ich nur für ein hoffnungsloser Fall, sinnierte sie, ich tauge halt nicht für den Ernst des Lebens. Sie musste über sich selbst lachen, ganz leise, nur so ganz innerlich, auch das konnte sie ziemlich gut.

Mathilde und Nika kochten Spaghetti, bereiteten eine Soße aus frischen Tomaten, und Sonja rieb einen Parmesankäseberg in einen tiefen Teller. Marie deckte im Aufenthaltsraum den Tisch. Hermine und Karli durften Löffel neben die Teller legen, Gabeln legte Marie dazu, wegen der scharfen Spitzen, sagte sie. Das Kind nickte. »Die Gabel ist spitz«, sagte es zu Karli, und ließ ihn mal fühlen.

Hermine aß ihre Nudeln mit den Fingern, ohne Soße. Als habe sie noch niemals Menschen gesehen, die mit schlüpfrigen Spaghetti kämpften, beobachtete sie aufmerksam Marie und die anderen, wie sie mit den spitzen Gabeln in die Teller fuhren und ein kleines Nudelnest um die Zinken wickelten, aus dem rote Soße tropfte. Marie bespritzte ihre Bluse mit Tomatensoße, aß aber genussvoll weiter.

»Du hast deine Bluse bekleckert«, sagte Sonja und berechnete im Stillen den weiten Weg des Spaghettitransports über Maries Oberweite. Das konnte ja nicht gut gehen. Sie hätte den Löffel oder eine Hand unter die Gabel halten müssen. Doch Marie interessierten die Spritzer nicht.

»Macht nichts«, sagte sie fröhlich und trank einen Schluck Rotwein, den Sonja zum Essen gespendet hatte.

Die Kleine aß sehr langsam und jede Nudel einzeln. Sie begann an einem Ende des essbaren Fadens zu knabbern und knabberte sich zum anderen Ende durch. Oder sollte sie am Anfang beginnen, aber wo war der Anfang, wo das Ende? Sie schien unschlüssig, von welcher Seite her sie die Nudel essen sollte, drehte sie hin und her. Zum ersten Mal lag der Karli auf dem Tisch, denn beide Händchen des Kindes hatten im Teller zu tun.

»Egal, wo du anfängst, es schmeckt immer gleich«, sagte Sonja, die Hermines Essweise nur schwer ertrug. Das Kind verstand Sonja nicht oder hörte gar nicht, was sie sagte. Es aß bedächtig weiter. Marie fragte sich besorgt, ob Hermine satt werden könne. Die Nudeln in Hermines Teller wurden kaum weniger und waren inzwischen kalt geworden.

»Magst du vielleicht Tomatensoße mit dem Löffel essen, die ist noch so schön warm«, fragte Marie. Doch Hermine wollte keine rote Soße, auf keinen Fall. Sie schüttelte heftig den Kopf und zog ein schon angetrocknetes Spaghetti aus ihrem Teller. Wieder überlegte sie, dann biss sie die Teigschnur in der Mitte durch und hielt plötzlich in jeder Hand eine kurze Nudel, die sie lachend durch die Luft schlenkerte. Jetzt ging die Sache voran. Hermine stopfte sich die beiden Teile in den Mund und griff erneut in den Teller. Das ging immer schneller. Begeistert sah Marie das Nudelhäuflein schwinden. Der Karli war diesmal leer ausgegangen. Marie warf Sonja einen triumphierenden Blick zu.

Hermines Teller war leer. Sie nahm den Karli und drückte ihn mit überkreuzten Ärmchen vor die Brust. Sie lehnte sich an Maries Seite und schloss die Augen. Der aufregende Tag hatte sie offensichtlich angestrengt. Marie zog sie dicht an sich.

»Ich glaube, das Kind muss ins Bettchen, und ich bin auch schon sehr müde. Ich geh mit ihr nach oben und lege sie schlafen. Wartet nicht auf mich, ich weiß nicht, wie sich der Bettgang entwickelt, vielleicht lässt sie meine Hand nicht los.«

Sie nahm das bereits tiefschlafende Kind auf ihre kräftigen Arme. Hermines Köpfchen sank auf Maries Schulter, der hölzerne Karli drückte gegen ihr Schlüsselbein.

»Sollen wir dir irgendwie helfen, dich begleiten oder so?«

Die Drei saßen noch vor vollen Weingläsern und waren froh, als Marie abwehrte.

»Nein, nein, ich schaff es schon, macht es euch gemütlich. Wenn ich Hilfe brauche melde ich mich. Lasst eure Handys an, notfalls telefoniere ich.«

Sie ging mit dem kleinen Mädchen auf dem Arm zur Tür. Nika stand auf und eilte voran, hielt die Tür auf, denn Marie hatte keine freie Hand um sie zu öffnen.

»Marie, ich begleite dich nach oben und schließe dein Zimmer auf, dann kannst du Hermine besser festhalten.«

Vorsichtig trug Marie das Kind über die Stufen ins Obergeschoss. Nika kam hinterher und war froh, eine Kleinigkeit helfen zu dürfen, auch wenn es nur in der Funktion einer Türöffnerin war. Sie bewunderte Marie in ihrer spontanen Art, sich so vollkommen auf dieses kleine, zugegeben liebenswerte Mädchen einzulassen. Diese ängstliche, übergewichtige, selbstzweiflerische Marie, die sich so gerne hinter der vermeintlichen Stärke der Anderen versteckte, immer in der Meinung, nicht so begabt zu sein wie sie, unwissender zu sein als sie, und darum weniger wert zu sein. Diese Marie zeigte ihnen gerade, wer hier wahre Größe hatte, die Größe, das zu tun, was von echter Wichtigkeit war. Ein kleines Kind war hilflos vor der Tür gelandet, wie auch immer, und Marie hatte mit der Wärme ihres Herzens die Kleine willkommen geheißen. Nika empfand ein plötzliches Glück bei dem Gedanken, diese Frau zu kennen und mit ihr befreundet zu sein. Aber sie wusste auch von Hiawa, ihrer Meisterin, dass Geschenke vor allem derjenige bekommt, der sie erkennen kann. Marie ist ein unverhofftes Geschenk für mich, weil ich es erkannte, freute sich Nika, und sah sich wieder einmal mehr in ihrer Sinnsuche bestärkt.

»Der Schlüssel steckt in meiner linken Hosentasche«, flüsterte Marie. Nika kramte in Maries Hose und schloss auf. Sie folgte ihr ins Zimmer und schlug die Decke auf ihrem Bett zurück. Behutsam legte Marie das Kind auf dem großen dicken Kopfkissen ab. Sie tätschelte das Kissen zurecht, das beinahe über dem Köpfchen der Kleinen zusammenschlug.

»Wir ziehen ihr noch die Schuhe aus«, sagte Marie leise und öffnete die verknoteten Schnürsenkel. Langsam zogen die beiden Frauen an den Stiefelchen und stellten sie auf eine, neben dem Bett stehende Kommode. Hermines winzige Füßchen waren so weiß wie das Leintuch, auf dem sie lagen. Die Haut der Fußsohlen dagegen leuchtete rosig, wie bei einem Neugeborenen, als hätten diese Füßchen noch nie einen Schritt getan, schon gar nicht sockenlos in ungefütterten Lederstiefeln. Marie legte sorgsam die Decke über die kleine Gestalt, achtete dabei auf den Karli, den Hermine noch immer an sich drückte und setzte sich an den Bettrand.

»Nika, ich bleib hier bei dem Kind, falls es aufwacht und meine Hand sucht. Ich will es nicht alleine lassen. Geh du zu den Anderen, ich hätte da unten jetzt keine Ruhe.«

»Ist gut Marie, das ist völlig in Ordnung. Es ist toll, wie du dich kümmerst.«

Nika entfernte sich auf Zehenspitzen, drehte sich noch einmal um und winkte Marie zu.

»Mach's gut«, flüsterte sie und zog fast lautlos die Tür hinter sich ins Schloss.

Als sie in den Essraum kam, waren Mathilde und Sonja zu

hören, aber nicht zu sehen, doch der offenstehende Eingang und die fehlenden Weingläser verrieten ihren Aufenthalt. Nika nahm ebenfalls ihr Glas und ging vor die Tür. Mathilde und Sonja saßen auf der langen Holzbank vor der noch warmen Hauswand und genossen den lauen Abend und ihren Rotwein.

»Komm, setz dich, Nika, wir haben auf dich gewartet. Der Abend ist so schön und zu schade, um ihn im muffigen Kuhstall zu beenden.«

Nika setzte sich auf die Bank und sah hinüber zum Wald. Einen anderen Ausblick gab es auch gar nicht als den auf die dunkle Tannenwand in fast greifbarer Nähe.

»Findet ihr nicht auch, dass uns der Wald immer näher rückt? Jedes Mal, wenn ich hinüberschaue, scheint er ein Stück auf das Haus zuzuwandern.«

»Ich habe es auch schon beobachtet«, sagte Mathilde, »gut, dass du es auch siehst. Ich glaubte schon an eine Einbildung, von einem Kindheitstrauma herrührend. Vielleicht wurde ich in einem Wald geboren, oder ausgesetzt, oder beides, vielleicht musste ich mich als Kind in einem Wald heftig erbrechen, erschrak vor einem Wildschwein, oder hatte mich beim Versteckspielen verlaufen, wer weiß?«

»Es ist eine optische Täuschung«, sagte Sonja. »Wenn sie dich aber beunruhigt, gehen wir morgen früh die Strecke ab und vergleichen sie mit einer Abendmessung.«

Sie lachten alle Drei.

»Alles in der Kiste im Oberstock?«, wollte Sonja wissen.

»Ja, alles bestens. Marie will bei Hermine bleiben, falls sie aufwacht. Ich finde Marie bewundernswert in ihrer Fürsorge um das Kind. Ich kannte sie bisher nur als eine verunsicherte Frau, die sich wenig zutraut. Auch im Malkurs fiel sie mir durch ewiges Zweifeln am eigenen Können auf. Erinnert Ihr euch noch, wie sie ständig die Bilder der anderen übertrieben lobte und ihre eigene Arbeit niederredete? Ach, ich kann das eben nicht, warum bin ich bloß in diesen Kurs gegangen, jetzt merke ich erst, wie schlecht ich bin, bei mir ist Hopfen und Malz verloren. Das waren ihre häufigsten Reden. Mich hat das manchmal echt genervt.«

Mathilde nickte und erinnerte sich an ein Wort des Kursleiters.

»Du musst nicht wie die anderen malen, Marie. Kunst ist nicht, einen Apfel genauestens abzubilden, sondern Neues zu entdecken. Drück mal ordentlich auf die Tube und lass die Farbe übers Papier laufen. Schau, was die Farben dort so treiben. Dir werden die Augen übergehen. Marie hat es nicht gewagt auf Tuben zu drücken«, fuhr Mathilde fort, »aber für mich waren seine Worte wie eine Befreiung. Ich konnte endlich mein fotografisches Auge schließen und wagte das Experiment der Abstraktion.«

»Auf uns und den Malkurs«, sagte Sonja und trank einen Schluck.

»Auf uns«, sagten Nika und Mathilde und hielten ihre Gläser in den sternübersäten Himmel über dem Wald.

Sie hatten sich vor vier Jahren in einem Malkurs der Volkshochschule kennengelernt. Aus ganz unterschiedlichen Gründen hatten sie sich angemeldet. Mathilde brauchte Ablenkung von ihrer komplizierten Ehe mit zwei Kindern und einem selten anwesenden Ehemann, einem Arzt im städtischen Krankenhaus, der sie in dieser Zeit einer jungen Kollegin wegen verließ. Ihre Tochter hatte zum Studium gerade das Haus verlassen, der Sohn studierte in Amerika und deutete schon nach kurzer Zeit an, dort bleiben zu wollen. An ihrem 50. Geburtstag hatte Mathilde beschlossen, ihr Leben zu ändern. Sie überließ das große Haus ihrem Mann und dessen neuer Frau, ließ sich scheiden, zog in eine kleine Wohnung und meldete sich zu einem Malkurs an. Dort traf sie Nika, die noch Monika hieß und Sonja, die die ernsthaft arbeitenden Teilnehmer mit witzigen, teils ironischen Reden erheiterte. Die Drei fanden schnell zusammen, trafen sich auch außerhalb des Kurses. Sie saßen in Cafés oder Weinstuben, später wechselweise in den eigenen vier Wänden, um dem Leben eine genussvolle Seite abzutrotzen. Marie kam später dazu. Nicht, dass die Drei sie eingeladen hätten, Marie wäre die Letzte gewesen, mit der man gerne Zeit verbracht hätte, aber Marie bat darum. Sie hatte schon längst die drei Frauen um ihre Freundschaft beneidet und wollte so gerne dieser Runde angehören. Außerhalb des Malkurses hatte sie zu niemanden Kontakt. Sie lebte bei ihrer Mutter und übersetzte Gebrauchsanweisungen und Fachbücher aus dem Spanischen ins Deutsche, aus dem Deutschen ins Italienische und Französisch bot sie auch. Sie hatte auf einer Sprachenschule studiert, geheiratet, aber ihre Ehe hatte den Tod des Kindes nicht überstanden. Sie war ins Elternhaus zurückgekehrt, ihre Mutter, eine Beamtenwitwe, war über den Einzug der Tochter glücklich gewesen. Nach einiger Zeit, als Marie ihrer Meinung nach zusehends vereinsamte, schlug sie ihr vor, einen Malkurs zu besuchen.

»Geh mal aus dem Haus, du versauerst ja regelrecht. Als Kind hast du immer so schön gemalt. Das wäre doch was.«

Marie hatte sich eines Tages ein Herz gefasst und Mathilde angesprochen.

»Hättest du Lust, mit Monika und Sonja auf einen Kaffee zu mir zu kommen? Ich würde euch gerne einladen, ihr seid immer so nett zu mir. So dachte ich, ich frag dich einfach mal.«

Mathilde war völlig verblüfft. Dass sie besonders nett zu Marie gewesen wären, sah sie nicht. Im Gegenteil, sie hatten öfter über Marie gesprochen, eher über ihr Minderwertigkeitsgehabe gelästert, und das einmütige Urteil gefällt, dieser Frau sei nicht zu helfen. Trotzdem folgten sie ihrer Einladung, eher aus Neugierde als aus Interesse. Marie hatte sich ins Zeug gelegt, überraschte sie mit einer selbstgebackenen Torte, mit Sekt und einem Imbiss am Abend. Die Freundinnen blieben länger als geplant, erlebten Marie als begnadete Hausfrau und liebevolle Tochter einer freundlichen Mutter. Sie ließen sich von

Marie verwöhnen und genossen den Blick in einen sehr großen Garten, in dem Inseln aus Wiesenblumen, flachkriechende Lavendelwäldchen, Felder hochwachsender Madonnenlilien, Rosenbüsche und Sträucher für eine geheimnisvolle Tiefe sorgten.

»Der Garten ist Maries Werk, ich kümmere mich nicht mehr darum, aber ich genieße ihn«, hatte die Mutter erklärt.

Marie gehörte jetzt dazu. Sie lebte auf, schlug vor, man könne sich zum Malen in ihrem Garten treffen, sah sich dabei mehr in der Rolle der Gastgeberin, die eifrig auftischte, Getränke schleppte und nicht dazukam, irgendetwas auf Papier zu bringen.

»Marie, du verwöhnst uns und kommst selbst nicht zum Malen«, sagten die Drei und ließen es sich gut gehen.

»Ach, mir macht das großen Spaß, und außerdem, ihr wisst ja, die Malerei ist nicht meine Stärke.«

Mathilde sorgte sich, ob sie Maries Bedürfnis nach dieser Freundschaft womöglich ausnutzten. Sie taten nichts für Marie, und diese gab alles, um mit ihnen zusammen zu sein. Sie wollte mit Sonja und Monika darüber sprechen.

An einem dieser Maltage in Maries Garten hatte Monika um Aufmerksamkeit gebeten.

»Ich muss euch etwas Wichtiges sagen.«

»Willst du heiraten?«, sagte Sonja und legte den Pinsel ins Gras.

»Nein, nein, keine Sorge, aber ich habe einen neuen Weg gefunden.«

Sie lebte seit Jahren in einer Beziehung mit einem Apotheker, in dessen Geschäft sie drei Tage in der Woche arbeitete. Sie war gelernte Pharmahelferin und zufrieden mit einer Arbeitsregelung, die ihr viel Freiheit für ihre weiteren Interessen ließ. Der Apotheker war es auch. Wollte sie verreisen, hatte er kein Problem damit, zwei weitere Angestellte hielten das Geschäft am Laufen, auch dann noch, wenn er, was seltener vorkam, Monika begleitete. Er hieß Rüdiger und spielte Violine. Bei längerer Abwesenheit Monikas verbrachte er seine Zeit mit der Violine, die, so vermutete sie, Rüdigers wahre Lebensgefährtin war. Er nannte sie liebevoll Viola und streichelte ihren glänzenden Klangkörper. Sie musste sich also nicht um ihn sorgen, wenn sie, wie sie jetzt den Freundinnen erklärte, einen neuen Weg eingeschlagen hatte.

»Ihr kennt doch den Naturkostladen bei der Apotheke um die Ecke. Ich hol da schon lange unser Gemüse, auch Eier und Anderes. Neulich hielt eine Heilpraktikerin im Verkaufsraum des Geschäfts einen Vortrag über ganzheitliche Lebensweise, über Sinnsuche und Pilgerschaft. Die Frau selbst gehört einer Gruppe Schamanen an, die über heilende Kräfte verfügen. Sie nennt sich Hiawa, das ist ein indianischer Name. Ich war beeindruckt von ihren Erkenntnissen, ihrem Wissen, und beschloss, diesen Weg zu suchen und habe mir als ersten Schritt auf meiner Pilgerschaft einen neuen Namen gegeben.« Monika erhöhte die Spannung in ihrer Rede, indem sie eine ganz kleine Pause einlegte, dann sagte sie in feierlichem Ton, »nennt mich bitte ab jetzt nur noch Nika.«

Die Anderen waren sprachlos. Eine lange Zeit waren sie das, doch Sonja fasste sich als Erste.

»Wie kommst du denn auf Nika?«

»Na ja, Nika steckt im Ende von Monika«, antwortete diese. »Ich entdeckte, dass ich mit Monika nie im Einklang war, und wenn ich diesen Weg gehen will, muss ich für beste Bedingungen sorgen.«

»Und Rüdiger«, bohrte Sonja weiter, »kann der bleiben oder muss er weg?«

Monika, die ab jetzt nur noch Nika heißen wollte, antwortete ruhig und gelassen, wie es die Sinnsuche empfahl.

»Es handelt sich um einen sanften, inneren Weg, den ich ohne Schaden für andere gehen werde. Bereitete ich Rüdiger Kummer, wäre ich auf einem Irrweg.«

»Gott sei Dank«, sagte Mathilde, die sich von einem leichten Schrecken erholt hatte. »Ich sorgte mich gerade um unsere Freundschaft, dass sie auf deinem neuen Weg auf der Strecke bliebe. Wenn wir also nichts außer einer Namensänderung befürchten müssen, dann sag ich halt, willkommen, Nika.«

Marie holte Sekt und füllte Gläser. Sie war von Monikas Mut begeistert.

»Du traust dich halt was«, sagte sie bewundernd, »ich könnte meinen Namen nie ändern, auch wenn ich es wollte.«

»Du kannst Anderes«, sagte Nika auf dem neuen Weg.

Sofort köchelte in Sonjas Ideentopf eine würzige Gedankensuppe. Sie sah wie sich die Freundin als Pilgerin durch eine karge Steppenlandschaft schleppte, dabei unter einem prall gefüllten Riesenrucksack fast zerbrach, aus diesem schließlich nach und nach teure Klamotten, Designertaschen und Schuhe hervorkramte und als Ballast in eine knochentrockene Pampa warf, ungeachtet ihrer schon lange gepredigten Umweltsorge. Sonja konnte diese Bilder nicht verhindern, ungezügelt sprangen sie in ihre Vorstellung und trieben dort ein wahres Unwesen. Sie hatte es damit schwer. Lernte sie jemand kennen, sah sie vor allem nur die komische Seite ihres Gegenübers. Ernsthafte Gespräche gelangen ihr nicht, schnell verfiel sie in ihren ironischen Ton, der viele Leute befremdete und abschreckte. Zwei nur kurzzeitige Lebensgefährten hatten sich an ihr abgearbeitet, hatten die Waffen gestreckt und die Kampfzone verlassen. Seither lebte Sonja allein und erfreute eine große Leserschaft mit treffsicheren Karikaturen. Es ging ihr gut dabei, sie verdiente genug, um zu leben und zu wohnen, und das in einer Hochhaus-Dreizimmerwohnung mit Aufzug, der sie bequem aus den Niederungen des gemeinen Alltags in die Höhen ihrer Ideenschmiede beförderte. Der Malkurs? Ach der Malkurs! Warum hatte sie sich eigentlich in der Volkshochschule angemeldet? Darüber wollte sie nicht nachdenken. Unerwarteterweise hatte sie dort diese Frauen getroffen, die sich an ihrem unwirtlichen Umgangston nicht störten. Immerhin, das war es doch wert gewesen, eine Kursgebühr zu investieren.

»Marie«, bat Sonja, »kann ich noch Sekt...?«

Marie eilte mit der Flasche zu Sonja und goss nach.

»Marie, mein Schatz, auf dich kann man sich einfach verlassen, du änderst nie deinen Namen, wirst immer die bleiben,
die du bist, mit dem Herz auf dem rechten Fleck und der Hand
bei etwas Essbarem oder einer schönen Flasche.«

Marie strahlte.

Immer noch saßen die Drei im Dunkeln vor der Hauswand
des Reitbergerhofes. Ein Streifen Licht lag vor der offenen Tür
des ehemaligen Kuhstalls wie ein weißer Teppichläufer. In den
Gläsern schaukelte Wein, und Nika dachte nicht mehr an den
Vorsatz, nur Wasser oder Tee zu trinken. Zu lange wanderte
sie schon auf ihrem neuen Weg und war plötzlich der Meinung, Pausen müssten sein auf einer Pilgerstraße. Kein Mensch
könne ohne Rast durchhalten. Außerdem war sie hier an einen
wichtigen Meilenstein gelangt, an die Erkenntnis, in Marie ein
Geschenk erhalten zu haben, welches sie bisher nicht beachtet
hatte. Erkenntnisse sind Meilensteine, denen wir auf unserem
Weg begegnen, sagte Hiawa, die es wissen musste, denn darüber hatte sie ein Buch geschrieben.

»Findet ihr nicht auch, dass Marie ein wahres Geschenk für
unsere Gruppe ist?« fragte Nika.

»Ich empfand Ähnliches heute, vor dem Abendessen«, antwortete Mathilde. »Da sah ich Marie, aber auch euch und alles
um uns herum in einem ganz anderen Licht, als sei eine goldene Wolke im Aufenthaltsraum gelandet.«

»Das kam vom Schnaps, zwei drei Gläschen vergolden den
düstersten Winkel, und du hattest doch Drei, oder?«

Mathilde schlug mit ihrer Hand auf Sonjas Oberschenkel.

»Ach Sonja, mit dir nimmt es noch ein schlimmes Ende,
oder nein, du machst noch Witze bei deinem vorhersehbaren
Höllensturz.«

Mathilde deckte den Frühstückstisch. Im Wandschrank hatte
sie ein kleines Tässchen entdeckt, bebildert mit zwei, Karotten
mümmelnden Häschen. Sie stellte es neben Hermines Teller
und fragte sich, welche Überraschungen der Tag heute bringen
würde. Sie gestand sich ein, dass sie es jetzt schon bedauerte,
würde irgendeine Behörde Hermine heute abholen lassen. An
den Vater glaubte sie nicht mehr, vor allem nicht daran, dass er
käme, um sein Kind zu holen. Vielleicht war ich zu vorschnell
mit meinem Anruf bei der Polizei, dachte sie, wollte das Problem
aus der Welt schaffen, Ordnung haben. Andererseits dürfen wir
Hermine nicht verstecken, man muss es melden, wenn einem
ein verlassenes Kind in die Arme läuft. Sie goss Kaffee in die
Thermoskanne und stellte sie im ehemaligen Kuhstall auf den
Tisch. Von einem riesigen Jasminstrauch vor dem Haus schnitt
sie einige blühende Zweige ab, steckte sie in einen blauglasier-
ten Tonkrug und stellte den Strauß auf den Frühstückstisch. Im
Treppenhaus wurde es laut. Sie hörte Maries und Nikas Stimmen, hörte, wie Nika beruhigend auf Marie einredete, konnte
aber den Inhalt ihrer Worte nicht verstehen. Jetzt waren sie in
der Küche, durch die offene Tür hörte Mathilde Maries Weinen.

»Hier ist sie auch nicht«, sagte Nika.

Marie stürzte in den Aufenthaltsraum.

»Mathilde, hast du Hermine gesehen?«

Nika kam hinterher.

»Sie ist weg.«

»Was ist denn passiert, was heißt sie ist weg? Sie wird irgendwo im Haus sein, hat sich vielleicht versteckt, ein Kind
verschwindet doch nicht einfach so.«

Mathilde versuchte praktisch zu denken, befürchtete aber
bereits Unheilvolles. Der Wald war heute auch verschwunden.
Als sie vorher hinüberschaute, hatte er sich hinter einem Ne-
belvorhang versteckt, der über der feuchten Wiese lag.

Wie ein Häuflein Elend sitzt sie da, dachte Mathilde mit
Blick auf Marie, die auf die Kante der Eckbank gesunken war.

Sonja hätte das Wort ‚Häuflein' unpassend gefunden angesichts Maries Leibesfülle, schoss es Mathilde durch den Kopf. Doch zum Glück schlief sie noch und konnte daher keine Kommentare zur Lage abgeben. Das ist im Augenblick gut so, dachte sie.

»Erzähl doch erst Mal genau, was du weißt«, sagte sie, »danach sehen wir weiter.«

Sie nahm, unbemerkt von Marie, das kleine Tässchen mit den Mümmelhasen an sich und stellte es in den Wandschrank zurück. Marie stützte den Kopf in ihre Hände und weinte heftiger.

»Sie ist fortgegangen, sie ist weg, ich weiß es.«

Nika versuchte eine knappe Schilderung.

»Marie kam und riss meine Tür auf, ich schließ ja nachts nicht ab. Sie war außer sich, sagte, Hermine sei verschwunden und ob sie vielleicht bei mir sei. Wir schauten unters Bett und in den Schrank, mehr Möglichkeiten gibt es ja nicht, aber die Kleine war nicht in meinem Zimmer. Wir gingen zurück in ihr Zimmer, da entdeckte ich auf der Kommode den Krapfen auf einem Teller. Ich sagte, Marie solle sich keine Sorgen machen, Hermine wäre niemals ohne ihren Krapfen weggelaufen.«

Marie meldete sich unter Schluchzen.

»Aber die Stiefelchen, sie hat ihre Stiefelchen angezogen. Sie standen auch auf der Kommode, wir zogen ihr gestern Abend die Schuhe aus. Sie hat die Stiefelchen angezogen und den Krapfen liegen lassen. Der Karli ist auch weg! Sie lag die ganze Nacht neben mir, hielt den Karli im Arm und schlief so fest. Ich passte auf, dass sie ruhig schlafen konnte. Kindern passieren im Schlaf oft schlimme Dinge. Gegen Morgen muss ich aber eingeschlafen sein. Als ich aufwachte war mein Bett leer.«

Marie weinte erneut und es klang, als könne sie nie mehr damit aufhören.

»Wir werden das ganze Haus durchsuchen«, sagte Mathilde. »Wenn sie nicht hier ist, holen wir die Polizei zu Hilfe, aber wer weiß, vielleicht sitzt Hermine in einer Stunde wieder vor unserer Tür und wundert sich über unsere Aufregung.«

Marie hob den Kopf.

»Glaubst du, sie ist nur mal ein bisschen weg und könnte wiederkommen?«

Der Gedanke war neu und ließ sie hoffen.

»Warum nicht, vielleicht wollte sie dem Karli einen Sonnenaufgang zeigen. Hermine scheint mir sehr selbständig zu sein, auch wenn sie die ganze Zeit an deiner Hand hing.«

Doch Mathilde glaubte selbst nicht an das, was sie sagte, denn wie hätte das Kind durch die verschlossene Tür kommen können.

Sonja kam. Sie machte einen verkaterten Eindruck nach dem nächtlichen Umtrunk vor dem Haus. Müde und schlecht gelaunt ließ sie sich auf einen Stuhl fallen.

»Gibt es noch Kaffee?«

»Natürlich gibt es noch Kaffee, wir haben noch gar nicht mit dem Frühstück angefangen. Hermine ist nämlich verschwunden«, erklärte Nika. Marie weinte erneut, aber leiser als zuvor.

»Ach, deshalb seid ihr noch in euren Schlafanzügen.«

Sie schielte nach Maries zeltartigem Oberteil und der weitgeschnittenen Hose.

»Ich wunderte mich schon über euren Aufzug.«

Mehr fiel Sonja nicht zu Nikas Nachricht ein, der dumpfe Druck in ihrem Kopf verhinderte ein Begreifen dessen, was Nika soeben gesagt hatte. Sonja hatte gestern Abend mehr Rotwein getrunken als die beiden Anderen. Als diese zu Bett gingen, hatte sie »geht unbesorgt und schlaft gut, ich mach dann hier das Licht aus und schließ ab«, gesagt und sich anschließend in aller Ruhe zwei weitere Gläser genehmigt.

»Trink mal einen Kaffee, damit du auf Trab kommst«, sagte Mathilde und bediente sie.

Sonja schlang ihre Hände um die große, dampfende Kaffeetasse und hielt sich an ihr fest wie an einer rettenden Boje in rauer See. Sie blickte trüben Auges in die Runde.

»Was ist denn eigentlich passiert, hier herrscht so miese Stimmung. Könnt ihr mir verraten, was los ist?«

Geduldig schilderte Nika noch einmal die letzten Stunden, auch dass der Krapfen noch im Haus sei, das Kind selbst spurlos verschwunden wäre, sich jedoch die Stiefelchen angezogen und den Karli mitgenommen habe.

»Wenn der Krapfen hier ist, kommt sie wieder«, sagte Sonja ungerührt und trank ihren Kaffee.

»Das hab ich auch gesagt, genau das war mein erster Gedanke, als ich ihn auf der Kommode in Maries Zimmer liegen sah.«

Ein Krapfen als Hoffnungsträger, dachte Sonja und sah vor ihren Augen eine Reihe Krapfen in verschiedenen Funktionen, als Rettungsinsel mit wehendem Fähnchen, als Tröster für Liebeskummer mit einer Spruchbanderole um den runden Bauch: ›Vergiss den Anderen und nimm mich‹, auch einen Krapfen als Glücksbringer, in dessen Mitte wie in einem Pflanzballen ein vierblättriges Kleeblatt wuchs. Sie behielt diese Vorstellung aber für sich, ahnend, dass diese Bilder im Augenblick nicht das wohlwollende Interesse der Anderen fänden.

Mathilde hatte in der Frühe die Tür des Aufenthaltsraumes mit dem Hausschlüssel geöffnet. Der Verdacht, Hermine sei durch diese Tür verschwunden, schied deshalb aus. Sonja hatte also am Abend trotz reichlichem Alkoholgenuss Wort gehalten und abgeschlossen. Wie das Kind entkommen konnte, war allen schleierhaft, denn sämtliche Fenster waren ebenfalls verriegelt.

Ohne Sonja, die am liebsten wieder ins Bett gekrochen wäre, gingen sie von Zimmer zu Zimmer, riefen »Hermine, wo bist du«, oder, »Hermine, wir wollen nicht mehr Verstecken spielen, wir spielen etwas anderes«, oder, »komm, Hermine, der Karli hat Hunger und wir auch«, aber alles Rufen blieb unbeantwortet. Nach einer Stunde intensiven Suchens wussten sie, das Kind war nicht im Haus.

Entmutigt gingen sie in den Aufenthaltsraum zurück. Sie hatten immer noch nicht gefrühstückt. Sonja saß allein am Tisch und kämpfte um ihre Wiederbelebung mit mehreren Tassen Kaffee. Außerdem war sie der Meinung, drei Leute seien genug, um ein kleines Kind zu suchen. In ihrem Zustand könne sie sowieso nur das Nötigste sehen, wie ihre Kaffeetasse oder Maries Schlafanzug, und diesen nur seines Volumens wegen.

»Ich geh jetzt in den Wald«, sagte Marie schließlich.

Die Anderen erschraken und wussten nicht so recht weshalb. Der Wald, natürlich, der Wald! Im Wald mussten sie suchen, wo sonst, wenn Hermine auf den Wiesen wäre, hätten sie das Kind längst entdeckt.

»Willst du im Schlafanzug in den Wald gehen?«, fragte Sonja und erinnerte auch Nika daran, sich endlich einmal anzukleiden.

Mathilde sagte, sie wolle zuerst frühstücken und dann weitersuchen, sie müsse jetzt etwas essen, dann käme sie mit.

»Ich kann nichts essen, ich geh sofort los, ihr könnt ja nachkommen, wenn ihr fertig seid«, sagte Marie.

»Marie, du musst etwas essen, sonst hältst du eine Suche in dem riesigen Wald nicht durch«, sorgte sich Nika.

»Lasst sie doch, es schadet Marie doch nicht, ein bisschen zu fasten«, sagte Sonja und erntete missbilligende Blicke von Mathilde. Sie ändert sich nie, dachte Mathilde, kann sein was will, sie ändert sich nicht.

Während Nika und Marie nach oben gingen um sich anzuziehen, trank Mathilde eine Tasse Kaffee und aß ein Käsebrot. Sie richtete Brote und Getränke für eine Wanderung und packte ihren kleinen Rucksack.

»Sonja, es wäre am besten du bliebest im Haus, jemand muss da sein, falls Hermine zurückkommt. Ist das für dich in Ordnung?«

Für Sonja war es sehr in Ordnung, sie würde die Stellung halten, vielleicht endlich ein wenig zeichnen, sie hatte ein paar Ideen, die sie rasch skizzieren und damit festhalten wollte.

»Wie lange wollt ihr wegbleiben«, sagte Sonja, »es sieht ja aus, als rüstest du zu einer mehrtägigen Expedition. Soll ich inzwischen die Polizei aufwecken? Ich mach das gern, sehr gern, und überhaupt, war uns nicht ein Behördenbesuch versprochen, ich finde die Verantwortlichen halten sich auffällig zurück in der Sache.«

»Du hast recht«, fiel es Mathilde wieder ein, die Polizei wollte jemand schicken. Ich hatte es in der Aufregung ganz vergessen, umso besser, wenn jemand von uns hierbleibt. Wir haben unsere Handys dabei. Ruf, wenn nötig an.«

Nika trank ebenfalls in aller Eile und im Stehen noch eine Tasse Kaffee. Marie weigerte sich. Sie stand bereits in der offenstehenden Tür und konnte es kaum erwarten, endlich zu starten.

Zum ersten Mal gingen sie über den Wiesenstreifen hinüber zum Wald. Der Frühnebel hatte sich längst verzogen, doch die Wiese war noch feucht und dampfte in der Morgensonne. Zwei Fichten der ersten Baumreihe bildeten durch einen größeren Abstand zueinander eine Art Toröffnung, durch die sie das schnell dunkler werdende Areal betraten. Von der Sonne geblendet, mussten sie sich erst einmal an die Lichtverhältnisse in diesem düsteren Forst gewöhnen, dessen Baumkronen, selbst gierig auf der Suche nach Licht und damit geizig geworden, verschenkten nur wenig davon an den Waldboden. Fast ängstlich und wie Blinde hielten sie sich eng aneinander, bis Mathilde vorschlug, eine lockere Dreiergruppe zu bilden, mit Sicht- und Rufkontakt, das sei effektiver. Ihre Augen hatten sich mittlerweile an das Dämmerlicht gewöhnt. Sie stiegen über mächtiges Wurzelwerk, das vor allem Marie das Gehen erschwerte. Fast wäre sie gestolpert, da sie weniger den Boden des Waldes im Auge hatte, sondern dessen schwarze Tiefe, in der sie immer wieder ein kleines Mädchen zu sehen glaubte, das auf sie wartete, bei ihrem Näherkommen jedoch verschwunden war.

Das ist doch verrückt, sagte sie zu sich selbst, dauernd sehe ich ein Etwas, das sich bewegt, komm ich dorthin, ist nichts da. Ich glaub jetzt bald an Gespenster. Sie näherte sich Mathilde, kam wieder an einer dicken Wurzelader ins Stolpern, und wurde von der Freundin aufgefangen.

»Du musst aufpassen, Marie, sonst brichst du dir ein Bein, das fehlte uns noch.«

»Ich seh in der Ferne dauernd etwas, das sich bewegt, aber beim Näherkommen ist nichts da«, jammerte Marie, »und die vielen Baumstämme fangen auch an zu tanzen, je länger ich hinschaue.«

»Das sind optische Täuschungen. Wenn man lange genug auf etwas starrt, fängt es an zu tanzen«, erklärte Mathilde.

Nika kam von ihrem Außenposten herüber. Geschickt hüpfte sie über die dicksten Wurzelstränge, wohl wissend, dass sie von Marie für ihre Leichtfüßigkeit bewundert wurde. Sie bestätigte das optische Verwirrspiel, das sich vor dem Hintergrund des Schreckens, den sie heute erlebten, nur allzu gut erklären ließ.

»Wenn man dazu noch keinen Bissen gegessen hat wie du, ist man für Täuschungen besonders anfällig. Ich denke da zum Beispiel an die Fata Morgana in der Wüste. In dem Fall erzeugt vor allem Durst ein Luftbild dessen, von dem meine Rettung abhängen könnte, nämlich eine Oase mit einem Brunnen, unter Palmen. Eine Oase entspricht meinem Wunsch zu trinken. Es gäbe viele andere Beispiele die ich nennen könnte, aber…«

»Aber du hast recht Nika, Marie muss wirklich etwas essen und trinken«, unterbrach Mathilde Nikas Vortrag. »Deshalb machen wir jetzt eine kurze Rast, die ist wichtig.«

Mathilde nahm ihren Rucksack von der Schulter und schaute sich nach einer Sitzgelegenheit um. Die gab es aber

nicht. Außer senkrechten Baumstämmen und dem Wurzelge-
flecht, das netzartig den Waldgrund überzog und sie an Hände sehr alter Menschen erinnerte, sah sie nichts, was sich für
eine Platznahme eignen könnte.

»Essen wir im Stehen oder setzen wir uns auf den Boden?«
Nika beantwortete die Frage wortlos, indem sie sich uner-
schrocken niederließ.

»Kein Problem«, sagte sie und wischte in kreisender Bewegung über die von Fichtennadeln übersäte Erde.

»Kleintiere scheint es hier auch nicht zu geben, die unter
die Hosenbeine kriechen«, stellte sie fest, als sie Erde, ver-
mischt mit Fichtennadeln aus ihrer Hand rieseln ließ.

»Schaut her, keinem Käfer, keiner Spinne, nicht einmal einer Ameise scheint es im Ecktaler Forst zu behagen. Was ist das
nur für ein Wald, woher kommt dieser ständige Luftzug, dieses
Wehen, als atme er. Man hört es nicht einmal, man sieht es nur.
Er ist wie tot. Dunkel und ohne Geräusche ist er, außer denen,
die wir selbst machen. Habt ihr einen einzigen Vogel gehört?«

Sie schüttelte den Kopf. Die beiden anderen hatten sich
inzwischen ebenfalls gesetzt und schauten sich betroffen um.
Nika hatte recht, und der Liedtext, den sie so übermütig gesungen hatten, war eine genaue Beschreibung dessen was sie
hier umgab, ein schweigender, schwarzer Wald.

Mathilde teilte aus, was sie im Rucksack hatte, und Marie
aß und trank und hatte es nötig, denn sie fühlte sich auf einmal restlos entkräftet. Auch die beiden anderen waren froh ein
wenig ausruhen zu können. Mathildes Brote schmeckten nach
Schulausflug, Bergwandern und Freizeit. Wäre nicht die Sorge
um das Kind, könnte man den Wald vielleicht mit freundli-
cheren Augen betrachten und die Suche in einen angenehmen
Spaziergang verwandeln.

»Ich schlage vor«, sagte Nika, »wir setzen uns ein zeitli-
ches Limit von zwei bis drei Stunden Suche. Wenn wir in der
Zeit Hermine nicht finden, dann heißt das auch, dass wir hier

überfordert sind. Dann ist es besser, wir gehen heim und über-
geben die Suche der Polizei. Ich bin mir sowieso nicht sicher,
ob das, was wir gerade tun, auch sinnvoll ist. Vielleicht vergeu-
den wir wertvolle Zeit, unser Einsatz in diesem großen Wald
kommt mir vor, als suchten wir die berühmte Nadel im Heu-
haufen. Ich würde am liebsten sofort umkehren und im Haus
Räucherstäbchen aufstellen. Das erschiene mir hilfreicher.«

»Sonja ist daheim und informiert die Polizei, das versprach
sie«, sagte Mathilde. »Also läuft in diese Richtung sicher schon
alles Nötige. Wir können daher auf jeden Fall noch eine Zeitlang weitersuchen.«

Sie zogen Marie an den Händen hoch.

»Kannst du denn überhaupt noch weitergehen? Denk an
den Rückweg, der ist genauso lang wie der Hinweg und erscheint einem meistens länger, vor allem wenn man müde
wird«, sagte Nika, die mit Sorge beobachtete, wie schlecht
Marie auf den Beinen war.

Doch Marie bestand auf weitergehen und bewies durch
besonders lautes Rufen, wie frisch und belastbar sie noch war.

»Hermine wo bist du, wir suchen dich, Hermine, Hermine,
Hermineee!«

Mathilde und Nikas Stimmen fielen in das Rufkonzert ein,
sie machten ordentlich Lärm, riefen nach dem Kind, aber auch
nach Marie.

»Geht's noch, Marie?«

»Schaffst du es?«

»Pass auf Marie, da steht ein Riesenstein!«

Marie wäre beinahe auf ihn gefallen, so überraschend und
unvermittelt tauchte er zwischen den Baumstämmen auf. Ein
Steinblock, vom Ausmaß eines Großraumkühlschranks, ver-
sperrte ihr den Weg. Sie erschrak. Nika, die vorsichtshalber
in Maries Nähe gegangen war, hatte den Brocken als Erste
gesichtet und sie gerade noch rechtzeitig gewarnt. Jetzt kam
sie zu ihr herüber und wunderte sich über diesen, mitten aus

dem ebenen Waldboden emporragenden Fels.

»Wie kommt der hierher?«

Sie umrundete den Block, ließ ihre Hand über die zerfurchte Oberfläche gleiten und entdeckte auf einer abgeflachten Stelle eingemeißelte kleine Kreuze, zwei größere, drei kleinere. Sie rief nach Mathilde, die außer Sicht war.

»Komm her, wir müssen dir etwas zeigen!«

»Was ist los?«

Mathilde blieb stehen.

»Das musst du sehen!«

Mathilde stieg mit ihrem Rucksack auf dem Rücken umsichtig über die Wurzelstränge, ging dann schneller, als sie den Felsblock erblickte.

»Sagt mal, das ist ja ein Ding! Also gewachsen ist der hier nicht, es sieht eher aus, als habe man ihn aufgestellt.«

Nika deutete stumm auf die kleinen Kreuze. Mathilde beugte sich vor und befühlte mit dem Zeigefinger die wie in Baumrinde eingekerbten Zeichen. Zwei der drei kleineren Kreuzchen hatten offensichtlich der Witterung nicht Stand gehalten, oder den Künstler hatte die Kraft verlassen, sie waren jedenfalls schwächer zu sehen und schwerer zu ertasten.

»Ich weiß nicht«, sagte sie, »es könnte eine Art Gedenkstein sein. Oder ein paar Wanderer testeten an dieser flachen Stelle ihre Schweizermesser. Statt Baumstämme anzuritzen, versuchten sie sich am Stein, war mal was anderes für sie.«

»Vielleicht steht der Stein schon ewig hier und ist viel älter als der Wald«, überlegte Marie.

»Ja, da könntest du recht haben«, sagte Nika und bewunderte Maries Scharfsinnigkeit. Sie wäre jedenfalls nicht auf diesen Gedanken gekommen. »Vielleicht stammt er sogar aus der Zeit der Kelten und wurde bei der Anzucht des Waldes nicht entfernt, sondern respektvoll umpflanzt. Der Gedanke gefällt mir. Vielleicht gab es hier einmal einen keltischen Kultplatz, und man tanzte um diesen Fels.«

Nika fasste sich mit den Händen an die Stirn, beugte sich vor und schien sich auf etwas stark zu konzentrieren. Das dauerte. Dann richtete sie sich wieder auf, rief »Hai Ho, Hai Ho, Ho« und umrundete in einem bedächtigen Tanzschritt den Brocken, hielt dabei die Arme über den Kopf, als stemme sie eine große Schale mit ihren Händen nach oben. Mathilde lachte und begann, sich nicht nur um den Stein, sondern auch um sich selbst zu drehen. Der Stein war ihre Sonne, sie ein Planet. Schnell wurde ihr schwindlig. Sie hielt sich an ihm in einer innigen Umarmung fest. Sie kniete nieder, legte den Kopf an den Block und schlang ihre Arme um ihn wie um ihren Liebsten, der ihr leider eine kalte Schulter zeigte. Auch Marie versuchte einen Tanzschritt. Mehr stampfend als tänzelnd zog sie hinter Nika her, bis diese ihre Hand ergriff, sie mit sich führte, und beide nun zusammen mit Blick auf das ungleiche Liebespaar in wiegender Bewegung einen Reigen eröffneten.

»Komm, Mathilde, verlass den herzlosen Kerl und mach mit, schließ den Kreis, zu zweit geht das nicht.«

Mathilde löste sich vom Fels und fasste Nikas und Maries Hand. Wie ein Dreigestirn bekleideter Nymphen umtanzten sie den Koloss. Wer sie gesehen hätte, wäre womöglich vor diesem Hexentanz geflüchtet, aus Angst vor einer Begegnung der anderen Art. Der Reigentanz war nicht ungefährlich, immer wieder streiften sie den Stein, sie mussten darauf achten sich nicht zu verletzen.

Sie trennten sich, fassten sich wieder, verloren sich in Einzeldrehungen und im Bewusstsein, hier völlig allein zu sein, vollführten sie mit einem Mal die wildesten Sprünge, hüpften und sprangen und ruderten mit den Armen durch die Luft, als gelte es ein Geschwader Waldgeister zu bannen. Auch Marie hielt mit, so gut es ging und mutete ihrem schweren Körper eine außergewöhnliche Anstrengung zu. Plötzlich sackte dieser zu Boden, mitten in einem Sprung und zeigte Marie deutlich die Grenze ihrer Leistungsfähigkeit. Sie war gefallen, zum

Glück ohne sichtbaren Schaden. Sie war völlig außer Atem, saß auf der Erde und rang nach Luft.

»Du liebe Zeit, was ist nur in uns gefahren«, keuchte auch Mathilde und setzte sich neben Marie. Sie war seltsam verlegen und vermied es, Marie und Nika anzuschauen.

Nika stand und schüttelte die Arme aus.

»Ah, das hat richtig gutgetan, findet ihr nicht auch? Ja, die Kelten wussten schon, was den Körper strafft und den Kopf freimacht, sie wussten es vielleicht besser als wir.«

»Aber wir wissen nicht, ob das ein Kultstein der Kelten ist«, bemerkte Mathilde.

»Das ist egal, ob Kult oder nicht. Auf alle Fälle ist etwas in uns gefahren und hat uns verhext. Ein tolles Erlebnis im Ecktaler Forst.«

Nika hüpfte noch einige Male wie ein Hampelmann auf und nieder, als lockere sie ihre Glieder nach einer anstrengenden Gymnastikstunde.

Die Hampelmannübung erinnerte Marie an den Karli.

»Ich möchte nach Hause,« sagte sie. Der Zauber des Augenblicks war verflogen.

»Ja, gehen wir zurück.«

Sie wollten nicht tiefer in die Geheimnisse dieses Waldes eindringen, der sie so mächtig in seinen Bann geschlagen hatte. Wer weiß, was ihnen als nächstes einfiele, oder womöglich zustieße.

Sie machten sich auf den Weg. Schweigend gingen sie nebeneinander her. Befangenheit hatte sich zwischen sie gedrängt und verhinderte ein Gespräch. Sie dachten auch nicht mehr daran, nach Hermine zu suchen, riefen nicht mehr ihren Namen, als hätten sie Sinn und Zweck ihres Unternehmens inzwischen vergessen. Stumm liefen sie in jene Richtung, aus der sie glaubten gekommen zu sein und versuchten im wurzelreichen Boden gangbare Wege zu finden. So waren sie vor allem mit sich selbst beschäftigt. Mathilde konnte sich ihren Gefühlsausbruch nicht erklären und schämte sich für ihre Wildheit, die sie selbst überraschte. So hatte sie sich noch nie erlebt.

Nika rätselte weniger über ihre eruptive Tanzeinlage als über den Stein, der sie dazu verführt hatte. Was hatte es mit ihm auf sich? Nichts geschieht ohne Grund, wusste sie von Hiawa. Nika glaubte daran. Hatte der Stein eine Botschaft für sie? Wollte er sie festhalten? Vielleicht war ihnen der Fels im Vergleich mit der Einöde dieser sterilen Forstwirtschaft geradezu wie ein Lebewesen erschienen, das sie erwartet hatte?

Maries Knie schmerzten. Mühsam humpelte sie voran. Der Stein war für sie nicht von Bedeutung gewesen, nur der Tanz mit Nika und Mathilde, der ihr eine wunderbare Verbundenheit mit den Beiden beschert hatte. Immer noch war sie für besondere Zuwendung dankbar und fühlte sich geehrt, dabei sein zu dürfen, so wie eben bei diesem Zauberballett an Nikas und Maries Hand. Die Zwei hatten sie in die Mitte genommen und als ebenbürtige Tanzpartnerin betrachtet, trotz ihrer Plumpheit. Dafür liebte sie ihre Freundinnen, würde es ihnen gerne sagen, aber das konnte sie nicht. Stattdessen brach sie als Erste das bedrückende Schweigen.

»Gut, dass Sonja uns nicht sah. Ihr hätte unsere Aufführung bestimmt nicht gefallen.«

Sie lachten. Der Bann war gebrochen. Sie lachten lang und befreit.

»Nein, Sonja hätte es nicht gefallen, aber im Beisein Sonjas wäre der Spuk auch nicht über uns gekommen, da bin ich mir sicher,« vermutete Mathilde.

»Wir erzählen ihr am besten gar nichts darüber, das bleibt jetzt unser Geheimnis, denn Sonja würde uns nicht verstehen«, schlug Nika vor.

»Ja, das bleibt unser Geheimnis,« wiederholte Marie begeistert. Sie wären fortan Geheimnisträgerinnen, das verbände sie auf Lebenszeit. Plötzlich ging sie aufrecht, die Knie waren schmerzfrei und ihrem schweren Leib wuchsen Flügel.

Nach zweistündiger Wanderung erreichten sie den Waldrand. Sie traten aus dem Dämmerlicht ins Freie, blinzelten in
die blendende Sonne. Vor ihnen lagen weite Wiesenflächen,
dazwischen einige Büsche, in weiter Ferne eine größere Gruppe
Laubbäume. Der Reitbergerhof war nicht zu sehen. Entweder
war er verschwunden, was sie nach ihrem Kulttanz auch nicht
mehr überrascht hätte, oder sie hatten sich im Wald verlaufen.

»Das passt jetzt«, sagte Mathilde, »wir haben uns verlaufen,
jedenfalls ist das nicht die Stelle, an der wir den Wald betraten. Dort hatten Baumstämme ein Tor gebildet. Das Blöde ist,
wir wissen nicht, ob wir jetzt links oder rechts am Waldrand
entlanggehen sollen.«

Sie schaute auf Marie. Würde sie diesen zusätzlichen Weg
noch schaffen?

Nika blickte auf ihre Armbanduhr. Es war halb drei. Sie
hatten wesentlich mehr Zeit vertan als geplant. Sie überlegte.

»Kann sein, wir müssen nur einmal um die Biegung dort
hinten laufen und sind schon daheim. Genauso gut kann es
uns passieren, dass wir den ganzen Wald umrunden, um zum
Hof zu kommen, und das wäre ein Tagesmarsch, mit Sicherheit. Ich schlage deshalb vor, ich renn erst mal los und schau
hinter die Kurve. Vielleicht sind wir gar nicht so weit von unserem Ziel entfernt. Macht es euch hier gemütlich, wenn ich
klarer sehe ruf ich euch, dann kommt ihr nach.«

Nika rannte los, ihr regelmäßiges Lauftraining kam ihr dabei zugute. Die Biegung des Waldrands entpuppte sich als eine
langgezogene Rundung, von der sich nicht sagen ließ, wo sie
begann oder endete, und erst nach einem längeren Sprint war
Nika nicht mehr zu sehen.

Von gemütlich machen konnte keine Rede sein. Dicke
Brennnesselbüsche wuchsen saftstrotzend bis weit in die Wiese hinein. Die tiefgrüne Farbe der Blätter tat nach dem stump-
fen Braun des Waldbodens zwar Maries und Mathildes Augen
gut, doch sahen sie keine Möglichkeit sich zu setzen.

So standen sie zwischen Brennnesseln, traten von einem
Fuß auf den anderen, und Marie musste dann mal. Das auch
noch, sagte Mathildes Blick.

»Ich geh einen Schritt in den Wald hinein, hier kann ich
mich ja nicht niederlassen«, meinte Marie und verschwand
hinter den ersten Baumstämmen.

»Geh nicht zu weit, ich trau dem Wald nicht mehr, das ist
ein ganz Schlimmer. Plötzlich bist du verschwunden, und Nika
kommt auch nicht wieder, das wäre Horror pur.«

»Nein, nein,« rief Marie hinter den dicken Stämmen. Mathilde hörte ein mildes Plätschern. Sie war von Herzen froh, als Marie, entspannt und ihre Hose schließend, wieder zwischen den
Fichten auftauchte, und Nika kurz darauf von Weitem winkte.

»Ihr könnt kommen, der Reitbergerhof ist in Sicht.«

Noch eine gute Stunde mussten sie gehen. Marie war fro-
hen Mutes, denn sie hatte die Angst in Mathildes Stimme als
Sorge um ihre Person gedeutet und fühlte sich ihr sehr nah.

Mathilde war allen Ernstes in Panik geraten bei der Vorstellung, Nika verschwände für immer hinter der Waldbiegung,
dazu Marie hinter den Fichten. Damit hätte der Wald ganze
Arbeit geleistet, und der Fall ,Hermine' käme noch dazu. Sie
dachte an Geschichten in Märchenbüchern, die sie als Kind
gerne, doch mit Grausen gelesen hatte. Da verschwand Einer,
der losgeschickt worden war, ein Anderer ging hinterher ihn
zu suchen und verschwand ebenso, ein Dritter erlitt dasselbe
Schicksal. Sie wurden nie mehr gesehen, verendeten im Ban-
ne eines bösen Zauberers wie eine Fliege im Spinnennetz und
das, weil irgendeine launische, ungeduldige Prinzessin einen
Ball oder ihr Krönchen verloren hatte, das sie suchen mussten.
Es ist ja nur ein Märchen, hatte die Mutter die kleine Mathilde
beschwichtigt. Doch der Tanz um den Stein hatte sie offenbar
so nachhaltig verwirrt, dass sie mit einem Mal alles für möglich hielt, was ihr normalerweise absurd erschienen wäre. Sie
entdeckte eine Mathilde, die ängstlich und verunsichert sich

von der vernünftigen Person, die sie zu sein glaubte, mehr als deutlich unterschied. Sollte sie heute von diesem Stein eine Lektion erhalten haben?

Es war gegen 16 Uhr, als sie endlich den Hof erreichten. Sonja saß auf der Bank vor dem Haus, Kaffeetasse und Weinglas standen neben ihr auf der Bank.

»Das hat aber gedauert. Ich sah schon die Schlagzeile vor meinen Augen: Verschollen im Ecktaler Forst.« Sie trank einen Schluck Wein.

»Und deinen Kummer über unser Schicksal ertränkst du jetzt in einem stillen Besäufnis«, vermutete Nika.

»Ach, das bisschen Wein. Der war fällig nach dem Besuch des nervigen Polizisten, der sich hier am liebsten eingenistet hätte. Ich sag euch, dieser Hodlmeier hat meine Geduld strapaziert. Da war euer Waldspaziergang bestimmt die reinste Reha. Ich hab euch beneidet.«

Die drei Waldläuferinnen lachten.

»Wie man es nimmt«, sagte Mathilde. »Hast du noch Kaffee? Wir sind am Verdursten.«

»Bedient euch, die Kanne ist voll, gerade frisch aufgefüllt. Ich dachte, wenn sie Kaffee riechen, werden sie schon kommen.« Sonja schien erleichtert.

Marie und Nika trugen einen der Holztische aus dem Aufenthaltsraum ins Freie und stellten ihn vor die Bank.

Marie holte Kekse aus ihrem Zimmer. Mehrere Packungen sollten sie vor nächtlichen Hungerattacken bewahren, doch nun wollte sie mit gefüllten Schokotalern, ihrem Lieblingsgebäck, den Kaffeetisch bereichern. Sie bemerkte es sofort, Hermines Krapfen war samt Tellerchen verschwunden! Ihr Herz begann zu stolpern, kam aus dem Rhythmus, sie setzte sich auf die Bettkante. War Hermine hier gewesen? Da streunten sie stundenlang im Wald herum, derweil war das Kind gekommen und hatte sich unbemerkt von Sonja seinen guten

Ball geholt. Eine verwegene Hoffnung heizte ihr ein. Schweiß stand auf ihrer Stirn und in ihrem rechten Ohr summte eine Biene. Sie legte sich auf das Bett und schloss die Augen. Ruhig Marie, ganz ruhig, flüsterte sie und versuchte ihren Atem zu entschleunigen. Allmählich ging ihr Puls in Deckung, ihr Herz schlug wieder einen guten Takt. Sie stand auf und wühlte in ihrer Reisetasche. Die Kekse lagen zuunterst in ihrem Vorrats-speicher, sie fand ihre Lieblingssorte in ihrer Aufregung erst, als sie das gesamte Sortiment auf ihrem Bett ausgebreitet hatte.

Die Anderen saßen am Tisch vor dem Haus und Sonja erzählte vom Hodlmeier, dem Polizisten. Marie legte die ge-schlossene Kekspackung neben die Thermoskanne.

»Der Krapfen ist weg, Hermines Krapfen ist nicht mehr da. Wisst ihr, was das bedeutet?«

Die Biene in ihrem Ohr summte wieder. Sonja verstand als Erste.

»Liebe Marie«, sagte sie, »das bedeutet, dass Polizist Hodl-meier den Krapfen konfiszierte, als starkes Beweisstück sozu-sagen, zum Zweck des Nachweises von Hermines DNA, die sie ja reichlich auf dem Gebäck hinterlassen hat. Erinnere dich nur an die Dellen die sie in den Ballen drückte. Kurz und gut, er hat den Krapfen eingetütet, vom Teller professionell ohne Objektkontakt in ein Klarsichtsäckchen rutschen lassen und das Säckchen verplombt. Den Teller bekam ich, hab ihn schon abgewaschen und in den Schrank gestellt.«

Sonja holte Luft und verschränkte die Arme vor der Brust.

»Aber wie...?« Marie blieb der Satz im Hals stecken.

»Du willst wissen, wie der Hodlmeier in dein Zimmer kam? Davon rede ich schon die ganze Zeit. Ich kann nur sagen, die Zeit mit dem Mann hier war alles andere als ein Vergnügen. Ich rief bald nach eurem Weggang in der Ecktaler Polizei-station an. Das Kind sei verschwunden, meldete ich, und der diensthabende Polizist sagte ‚aha'. Ich erzählte, was er wissen musste. Immer wieder sagte er ‚aha'. Er käme jetzt doch besser mal selbst vorbei, um sich ein Bild vom Tatort zu machen. Dann verbesserte er sich und tauschte das Wort Tatort gegen den Begriff Ort des Geschehens. Eine Stunde später war er da und stellte sein Auto bedenkenlos in die Wiese. Ich ging ihm entgegen. Ein Mann Richtung Pensionsalter, sehr groß, mit einem stattlichen Bauch, sagte ‚Hodlmeier' und setzte als erste Amtshandlung seine Dienstmütze auf den spärlich behaarten Kopf. Dann wollen wir mal, forderte er mich zu einer ersprießlichen Zusammenarbeit auf. Wir umrundeten das Haus. Er blickte an verschiedenen Stellen kritisch nach oben zu den Fenstern, prüfte alle Fenster im Erdgeschoss auf ihre Verschließtechnik und schien nicht so recht zufrieden damit. Aber für ein kleines Kind seien sie allemal schwer zu öffnen, da müsste schon jemand geholfen haben, meinte er sachkundig und klopfte gegen die Scheiben. Er entdeckte so allerhand Kratzer an den Außenwänden und fotografierte meiner Meinung nach uralte Sprünge in den Mauern. Auch Abschabungen des Verputzes und abblätternde Farbe an der Westseite des Hauses interessierten ihn. Er sagte, omei, omei beim Anblick der stark verwitterten Wand.

»War halt mal ein Kuhstall früher, gell, der bleibt ewig feucht, da kann man wenig machen.«

Schließlich gingen wir ins Haus. Der Hodlmeier wusste nicht so recht, womit er seine Beobachtung beginnen sollte. Also, da hat's mit euch gesessen, das Kind? Er überlegte scharf. Dann bat er mich, ihm Hermines Sitzplatz zu zeigen, auch unsere Sitzordnung interessierte ihn. Er entdeckte den Karton mit den Weinflaschen, nahm eine Flasche heraus, erwischte natürlich eine leere und roch daran. »Habt's ordentlich gebechert«, meinte er und zwinkerte mir zu. Ich verstand, was er andeuten wollte. »Ich trinke allein«, antwortete ich, »die anderen Frauen sind immer vollkommen nüchtern«. »Ah so«, sagte er hintersinnig, »Sie trinken also allein, den ganzen Karton, ah so ist das, und die anderen Frauen sind jetzt wo?«

»Sie sind im Wald und suchen nach dem Kind«, sagte ich, und er, »omei, omei, im Wald sind die, das auch noch, dann hoffen wir mal, dass sie nicht auch noch verschwinden, so groß wie der ist.«

Er stellte die Weinflasche in den Karton zurück, entdeckte noch eine weitere geleerte, was ihn anscheinend so gar nicht wunderte, sondern ihm einiges zu erklären schien. Er nickte vielsagend und tat, als habe er im Weinkarton die Lösung des Falls bereits gefunden. Trotzdem wollte er in den Oberstock steigen. »Na, dann dürfen Sie mir jetzt noch den Oberstock zeigen, vor allem das Zimmer, in dem die Kleine angeblich geschlafen hat.« Er sagte jetzt dauern angeblich. »Das ist also der Krapfen, den das Kind angeblich nicht essen wollte, wo Kinder Krapfen doch so gerne mögen, und ihre Stiefel hat sie angeblich auch mitgenommen.« Er zog eine Spezialklarsichttüte aus seiner Hosentasche und schüttelte den Krapfen ohne ihn zu berühren vom Teller in die Tüte. »Den Teller dürfen Sie abwaschen, dann gibt's was zu tun, gell«, spaßte er ein bisschen und lachte furchtbar laut. Ich hätte ihn am liebsten rausgeworfen, vor allem, weil ich spürte, dass er unsere Geschichte gar nicht glauben wollte. Wieder hier unten, setzte er sich auf die Eckbank, und ich befürchtete schon eine Art Dauerverhör, oder womöglich eine unerschrockene Anmache auf Grund meines Weinkonsums, doch er sprach jetzt sehr dienstlich, zeigte was er gelernt hatte.

»Folgendes«, begann er und legte vorsichtig den eingetüteten Krapfen vor sich auf den Tisch. »Das Problem ist folgendes. Weit und breit wird kein Kind vermisst. Uns liegt keine einzige Meldung vor, dass irgendwo ein Kind abgängig ist, bis auf die Ihre heute Morgen«, sagte er, blickte mir eindringlich ins Gesicht und machte eine bedeutsame Pause. Aber hier, fuhr er fort, handele es sich um ein Kind, das von niemand außer von uns vermisst würde, nicht von Eltern, Verwandten, Pflegestellen oder Kinderheimen, auch nicht von den Tralalaleuten in

Bruckmünden, denen er andeutungsweise noch am ehesten eine Aufsichtspflichtverletzung zugetraut hätte. »Wir haben in allen Sozialeinrichtungen im Landkreis nachgefragt. Alle Kinder an Bord, hieß es. Also, ich schick morgen noch einen Kollegen mit Hund vorbei, der wird die nähere Umgebung abgehen. Der Krapfen wandert in die Untersuchung, und das war's vorerst, ansonsten, abwarten und Wein trinken.«

Er fiel wieder in seinen blöden Tonfall, verlangte noch meine Adresse und Handynummer. »Wegen der Erreichbarkeit«, sagte er und lachte wieder. Ich war froh als er endlich abzog. Ich habe mir das Gespräch sofort notiert, mit allen Frechheiten, für alle Fälle, oder auch für eine Zeichenserie, die ich sicher einmal entwerfe. Dann ist er dran, sag ich euch.«

Sonja nahm einen Schluck Wein.

Marie öffnete die Kekspackung, dabei wirkte sie abwesend, als müsse sie Sonjas Bericht noch einmal im Geist durchgehen.

»Der Polizist glaubt uns nicht«, sagte sie nach einer Weile, als entdecke sie soeben eine schmerzhafte Wahrheit. Sie bot den anderen ihre Kekse an. »Aber Hermine war doch hier, alle haben wir sie gesehen, mit ihr gesprochen, stimmt doch, oder?«

Nika hatte Sonjas Schilderung, vor allem die des Polizisten Hodlmeier, zunächst eher belustigt, dann mit zunehmender Empörung verfolgt.

»Natürlich klingt unsere Geschichte mit Hermine, wenn man sie hört, etwas merkwürdig, das muss ich schon zugeben, aber der Mann hat keinen Grund sie anzuzweifeln. Vielleicht denkt er, wir wären durchgeknallte Künstlerinnen mit zu viel Fantasie und zu wenig Arbeit, womöglich auf Drogen und denken uns so allerlei aus. Hast du ihm gesagt, dass wir hier sind um zu malen?«

»Ja, hab ich, schon bei meinem Anruf wollte er wissen, ob wir Urlaub machen, und ich sagte nein, wir malen. Dann seid ihr also Künstlerinnen, vermutete er, und ich Blöde sagte, wie man es nimmt. Ich konnte ihm nicht ernsthaft antworten, er reizte mich bereits am Telefon. Es stimmte einfach nicht zwischen uns.«

»Ja, ja, die berühmte Chemie«, sinnierte Nika und nahm sich einen Keks.

»Wieso hast du dein Zimmer eigentlich nicht abgeschlossen, als wir zu unserer Wanderung aufgebrochen sind?« fragte Mathilde. »Bei mir hätte der Polizist gar nicht eintreten können, ich hatte meine Tür verriegelt.«

»Mein Zimmer hier war auch zugänglich, obwohl ich sonst aus Gewohnheit immer abschließe, überlegte Nika. »In der Apotheke wird ständig auf- und zugeschlossen, nichts darf offenstehen, weder Kräuterkammer noch Medikamentenvorratsraum, schon gar nicht der Giftschrank mit den Drogen.«

»Daran habe ich gar nicht gedacht«, bekannte Marie, »aber es war doch eigentlich gut für den Polizisten, dass er sich umsehen konnte, wie soll er sonst Hermine finden, wenn wir ihn daran hindern?«

Sie fand das Verhalten des Herrn Hodlmeier gar nicht so ungebührlich. Auf seine eigene Art tat der Mann nur seine Arbeit. Weniger zufrieden war sie mit seiner ungläubigen Haltung. Die enttäuschte sie. Aber müssen Polizisten nicht genau so sein, kritisch und misstrauisch gegen jedermann? In Fernsehkrimis litt sie mit solchen Beamten, die sich nicht mehr in der Lage sahen, unvoreingenommen ihr Gegenüber wahrzunehmen. Das bringt unser verdammter Beruf mit sich, klagen sie, sind dabei unglücklich und richtig arme Hunde. Überall sehen sie nur noch das Schlechte im Menschen, trauen niemand. Wir ermitteln in alle Richtungen, sagen sie und machen damit im schlimmsten Fall auch nicht vor der eigenen Familie halt. Wenn sie überhaupt eine solche noch haben. Die meisten leben in Scheidung, oder werden im Lauf der Sendung ohne Ankündigung von der genervten Ehefrau verlassen, weil der überlastete Polizist über seiner Arbeit wieder einmal die Geburtstagsparty für das eigene Kind vergessen hat, und so manches Andere auch. Danach sieht man die Verlassenen vor Currywurstbuden stehen und von geregelten Mahlzeiten nur noch träumen.

Marie behielt diese Gedanken für sich. Sonja hätte Realität und Fernsehwelt ausgiebig miteinander verglichen und ihr bewiesen, dass die eine mit der anderen nichts zu tun habe. Das wollte Marie jetzt nicht hören. Sie bedauerte außerdem, so unüberlegt in den Forst auf Suche gegangen zu sein, Nika und Mathilde noch mitziehend. Wären sie alle zu Hause geblieben, hätte das Gespräch mit Herrn Hodlmeier einen anderen Verlauf genommen. Sie hätten dem Polizisten die Situation glaubhafter vermittelt als die kritische und eigenwillige Sonja. Nein, Sonja war keine geeignete Vertreterin ihrer Sache gewesen. Mit ihrer arroganten Art hatte sie den Polizisten wohl vom ersten Augenblick an verunsichert. Ein Mann spürt es, ob eine Frau ihn ernst nimmt, dachte sie. Dass sie selbst oft zwischen Sonjas geschliffene Messer geriet, die diese mit Begeisterung zu jeder Zeit wetzte, ließ sie uneingeschränkt Partei für Herrn Hodlmeier ergreifen.

»Hoffentlich hilft uns die Polizei trotzdem bei unserer Suche, auch wenn sie, wie es aussieht, uns die Geschichte nicht so recht abnimmt,« sorgte sich Marie. Die Polizei war im Moment noch ihre einzige Hoffnung, nachdem der Waldgang ergebnislos verlaufen war.

»Ich sagte ja, morgen schickt der Hodlmeier eine Einmannhundestaffel vorbei. Das ist doch schon mal was und besser, als abwarten und Wein trinken, wie er mir empfahl. Aber Wein trinken hilft auch, wenigstens mir, und wer von euch möchte jetzt auch ein Glas?«, fragte Sonja in die Runde.

Sie wollten alle, entscheidendes war heute sowieso nicht mehr zu erwarten. Das Malzeug wollten sie umständehalber erst morgen auspacken, um endlich das zu tun, weshalb sie eigentlich hergekommen waren. Heute wird das nichts mehr, stellten sie fest.

Am Abend warfen sie wieder Spaghetti in kochendes Wasser, schnitten Tomaten für die Soße, Sonja rieb Parmesankäse. Marie überwachte die dampfenden Töpfe und freute sich auf die Mahlzeit. Sie hatte Hunger. Hermine trat allmählich in den Schatten des Unwirklichen beim Blick in die real existierende und leise köchelnde, herrlich duftende Tomatensoße.

Marie schlief in dieser Nacht bei Mathilde.

»Könnte ich meine Matratze bei jemand auf den Boden legen«, hatte sie angefragt, »ich kann nicht allein in meinem Zimmer schlafen nach allem, was ich in der ersten Nacht erlebte.«

»Kein Problem«, erwiderte Mathilde, »wir werfen das Teil unter mein Fenster, dort ist Platz genug.«

»Falls du heute Nacht auf die schiefe Bahn gerätst, fällst du nicht weit, ein Sturz aus dem Bett ist gefährlicher. Man sollte eigentlich immer auf dem Boden schlafen«, schlug Sonja vor.

Zu viert schleppten sie Maries Matratze in Mathildes Zimmer, und Marie schlief sich in dieser Nacht alle Sorgen um das Kind aus der Seele und die Erschöpfung durch die Wanderung aus den schmerzenden Beinen, hörte auch keine Kinder singen, kein Hackbrett klingen, und die Türklinke verharrte in unverändert horizontaler Stellung.

Sie saßen noch beim Frühstück, als ein Auto auf dem kleinen Platz vor dem ehemaligen Kuhstall hielt. Ein junger Polizist in Uniform stieg aus und rückte als erstes seine Dienstmütze zurecht. Er öffnete die Tür des Rücksitzes, ein großer Hund sprang ins Freie und umkreiste wie wild die Beine des Mannes.

»Platz da«, befahl der Polizist. Der Hund gehorchte aufs Wort und setzte sich abwartend auf seine Hinterbeine. Einige Male stieß er seine lange Schnauze in die Luft, dann senkte er den Kopf und steckte sie zwischen die Vorderbeine. Der Beamte trat vor eine, an diesem sonnigen Morgen weit geöffnete Tür und spähte in den Aufenthaltsraum.

»Oh, ich störe sie beim Frühstück«, entschuldigte er sich höflich.

»Nein, nein, sie stören überhaupt nicht, schön, dass Sie kommen, wir haben auf sie gewartet.«

Sie baten den Mann ins Haus.

»Der Hund kann gerne mitkommen«, schlug Nika vor, doch der junge Mann versicherte, der Hund sei auf Warten spezialisiert und anspruchslos. Er höre übrigens auf Lanzelot und er auf Max Nagler. Er lachte selbst über das kleine Späßchen, das er wohl öfter erfolgreich einsetzte.

»Guten Morgen, die Damen«, begrüßte er die Frauen, und Sonja überlegte, mit welchen delikaten Hinweisen der Hodlmeier ihn wohl ausgestattet hatte. Doch Herr Nagler nahm völlig unvoreingenommen auf der Eckbank Platz, und Mathilde bot ihm Kaffee an.

»Kommen Sie, Herr Nagler, trinken Sie einen Kaffee mit uns. Dabei können wir uns in Ruhe unterhalten.«

Max Nagler war ein sehr junger, sehr gutaussehender Polizist. Sein volles blondes Haar verschaffte ihm Ähnlichkeit mit einem schwedischen Schauspieler, den Marie aus einer spannenden Fernsehserie kannte, dessen Name ihr aber im Augenblick nicht einfiel. Sie erzählte jetzt, was sie zu berichten hatte und ließ keine Kleinigkeit aus. Herr Nagler war ein konzentrierter Zuhörer. Immer wieder nickte er zustimmend, manchmal heftig, das Kind schien ihn sehr zu interessieren. Schließlich ermunterte Marie den Mann mit einem fast liebevollen Blick, seine Fragen zu stellen. Die hatte er sich gewissenhaft auf einem Zettel notiert. Welchen Dialekt Hermine gesprochen habe, wollte er wissen, ob das Kind einen reinlichen oder eher verwahrlosten Eindruck gemacht habe, womöglich einen kränklichen, und die Frage nach der Puppe schien ihm besonders am Herz zu liegen.

»War das eine Puppe die man überall kaufen kann?«

Marie zögerte.

»Mir scheint eher, dass die Puppe aus einem Spielzeugmuseum stammt. Nein, kaufen können Sie den Karli nicht, vielleicht selbst basteln, das schon.«

Herr Nagler machte eine Notiz, trank Kaffee und sagte: »Ich hörte sie sind Künstlerinnen?«

Der Polizist sah sich um, als suche er nach irgendeinem Hinweis auf das kreative Schaffen der Frauen in diesem Raum. Also doch, dachte Sonja und war gespannt auf weitere Fragen. Die kamen nicht, sondern ein interessanter Vorschlag. Eine Zeichnung hätte er gern von dem Kind, auch von der Puppe, und so genau wie möglich, wenn das ginge, und eine große Hilfe wäre das für ihn, denn er wolle alles tun, um die Kleine zu finden.

Marie hätte den gutaussehenden Jungen am liebsten umarmt, so begeistert war sie nicht nur von seinem Äußeren, sondern ebenso von seinem ersichtlichen Engagement.

»Wenn es Ihnen recht ist«, sagte Herr Nagler, »dann dreh ich jetzt meine Runde mit dem Hund. Zwei Stunden sind dafür angesetzt. Glauben Sie, dass Sie in dieser Zeit ein Abbild des Kindes schaffen? Ich könnte es gleich mitnehmen, das verschaffte mir einen Vorsprung.«

»Natürlich geht das«, versprach Marie und hoffte auf die Anderen, die eher als sie in der Lage waren, den Wunsch des Polizisten zu erfüllen.

Max Nagler schubste Lanzelot mit dem Fuß. »Auf«, sagte er, und der Hund sprang auf die Beine, zitterte vor Spannung und war bereit los zu stürmen. Marie und Nika standen dabei und bewunderten das Tier.

Nika bezweifelte den Erfolg des Hundeeinsatzes, da Lanzelot keiner Geruchsspur von Hermine folgen könne.

»Wir haben ja nichts von dem Kind, kein Strümpfchen, kein Hemdchen, nichts.«

»Das ist kein Problem«, sagte der Polizist, »Lanzelot scheucht alles auf, was sich bewegt, Kaninchen, Mäuse, Füchse, Wildschweine. Ein Kind ist da keine Ausnahme. Er ist darauf abgerichtet, dass er nicht zufasst, sondern nur Alarm schlägt.«

»Na dann wollen wir mal das Beste hoffen.«

Max Nagler gab Lanzelot einen Klaps in die Seite, ein scharfer Pfiff und der Hund rannte los. Sein Herr ging zügig hinterher.

Sonja versöhnte Marie mit einer detailgetreuen Darstellung der kleinen Hermine. Marie hatte sich zwar selbst ans Werk gemacht, war aber mit den ersten Strichen bereits gescheitert.

»Ich kann es einfach nicht«, jammerte sie.

Auch Mathilde und Nika versuchten sich an einem Ganzkörperportrait, doch Sonjas Zeichnung war beinahe meisterlich und ähnelte Hermine aufs Genaueste. Die Kleine stand in ihren Stiefelchen, die nur zur Hälfte geschnürt waren, und drückte den Karli an sich. Die dünnen Zöpfchen standen vom schmal geschnittenen Gesicht ein wenig ab, als wären sie durch einen dünnen Draht versteift. Das Kind blickte ernst, fast erwartungsvoll den Betrachter an. Marie musste weinen. Sie fiel Sonja um den Hals und schluchzte.

»Danke, Sonja, es ist, als sei Hermine zurückgekommen.«

Sie wunderten sich alle, dass Sonja, die so zurückhaltend, fast ablehnend dem Kind gegenüber gewesen war, es jetzt so lebensecht zeichnen konnte. Sonjas Zeichnung verriet dem geschärften Blick Nikas eine geheime, unausgesprochene Liebe zu Hermine, die sie niemals zugeben würde, die aber in fasziniertem Beobachten und Studieren des kleinen Mädchens ihren Ausdruck gefunden hatte. Wie ließe sich sonst die fast fotografische Ähnlichkeit der Zeichnung mit dem Kind erklären? Sie behielt ihre Vermutung für sich. Eine warme Welle der Zuneigung zu ihrer herben, oft verletzend ehrlichen Freundin überraschte sie. Zum ersten Mal sah sie Sonja als einen Menschen, der, aus welchen Gründen auch immer, vor allem pedantisch darauf bedacht war, seine Gefühle zu verstecken.

»Ich versuche lediglich, mit meinem Können einen kleinen Beitrag zur allgemeinen Notlage zu leisten, wenn ich schon mit Abwarten und Weintrinken keinen Erfolg erziele«, sagte Sonja gewohnt ironisch und wehrte die Lobpreisungen ihrer

Freundinnen in einem ruppigen Tonfall ab. Plötzlich spürte sie Nikas Blick, erwiderte ihn ungewollt und sah, dass Nika ihr freundlich anerkennend zunickte. Schnell wandte sie sich ab und ging in die Küche, um noch einmal Kaffee zu kochen.

»Der schöne Max hat unsere Kaffeekanne bis auf den Grund geleert, ich brauche dringend einen Koffeinschub«, schimpfte sie und legte einen Filter in die Kaffeemaschine.

Nach zwei Stunden kam zuerst Lanzelot zurück. Mit großen Sprüngen landete er exakt vor der ehemaligen Kuhstalltür, bellte kurz zur Begrüßung und legte sich vor den offenen Eingang. Marie füllte eine Schüssel mit Wasser, stellte sie vor den Hund und sah zu, wie er gierig trank. Danach erschien Herr Nagler und rief schon von weitem:

»Nichts gefunden, außer Kaninchen.«

Er setzte sich auf die Bank und war für das Glas mit Wasser dankbar, das Marie ihm reichte. Er war verschwitzt. Einen ordentlichen Dauerlauf habe er hinter sich, sie seien erstaunlich weit gekommen, der Lanzelot und er. Der Hund habe eine Kaninchenfamilie aufgestöbert. Wie der Blitz seien Eltern und Kinder davongeschossen, berichtete er und trank den Rest seines Wassers.

»Sowas liebt der Hund. Er steht dann nur da und bellt wie verrückt. Im Wald waren wir nicht, erstens sträubt sich der Hund, den Wald mag er nicht, und zweitens war das nicht unser Auftrag. Dafür bräuchte man einen ganzen Tag und eine erweiterte Suchtruppe, die ist momentan aber nicht zu beschaffen. Der Lanzelot und ich sind nur ein bescheidener Einmannbetrieb.«

Marie nickte verständnisvoll. Sie kannte die Personalnöte der Polizei aus ihren geliebten Krimiserien und sah durch den Polizisten Max bestätigt, dass Fernsehwelt und Realität doch nicht so weit voneinander lagen.

Sie zeigten ihm das Portrait von Hermine, auch Mathildes und Nikas Arbeiten lagen auf dem Tisch. Alle Darstellungen stellten Hermine in der selben Haltung dar, mit der Puppe in der Hand. Sie hatten miteinander abgesprochen, dem Karli ebenso viel Aufmerksamkeit zu geben wie dem Kind, da sich der Polizist besonders für das Spielzeug interessiert hatte.

»Donnerwetter«, entfuhr es Max Nagler, »das sind ja richtige Meisterleistungen. Das hab ich jetzt echt nicht erwartet.«

Er beugte sich über die Zeichnungen. Lange betrachtete er das kleine Mädchen, das ihm aus jedem Blatt einen erwartungsvollen Blick zuwarf. Er schüttelte den Kopf.

»Seltsam, seltsam, vor allem die Puppe, ganz seltsam ist die.«

Er richtete sich auf, wandte sich an die Frauen, sagte, er könne sich nicht für das eine oder andere Bild entscheiden und würde gerne alle drei mitnehmen, ob sie damit einverstanden wären, sie bekämen die Arbeiten auf alle Fälle wieder zurück. Natürlich könne er alle haben, dazu seien sie schließlich da und zu nichts anderem, sagte Sonja bestimmt und im Namen aller. Max Nagler bekam eine Mappe zum Schutz der Bilder.

»Schließlich ist ein Hund mit im Auto«, sagte Mathilde, die Hunde nicht besonders mochte.

»Das wär's dann vorerst, wir melden uns bei neuem Erkenntnisstand«, verabschiedete sich Max mit einem Fachausdruck, den Marie aus ihren Krimifilmen kannte. Der Hund sprang mit einem Satz ins Auto, Max legte die Mappe sorgfältig auf den Beifahrersitz, seine Dienstmütze oben auf und grüßte bei der Abfahrt mit dem aufheulenden Martinshorn, doch nur ganz kurz und zum Spaß, denn eigentlich durfte er das gar nicht tun. Die Freundinnen sahen sich an.

»So ein Schlitzohr«, sagte Nika.

Zwei Tage später fuhren sie noch einmal nach Ecktal in den Supermarkt. Butter und Käse gingen zur Neige, die letzte Flasche Wein war geleert, und daran hatte nicht allein Sonja Schuld. Der Weinkonsum war in den Abendstunden sprunghaft angestiegen.

»Kommst du mit, Marie?«, fragte Mathilde. Die schüttelte

den Kopf, sie wolle im Haus bleiben, es ginge ihr nicht so gut, und außerdem, wenn das Kind, sie sprach den Satz nicht zu Ende, aber Mathilde hatte verstanden.

»Ist gut, Marie, wir sind bald wieder zurück, möchtest du etwas vom Supermarkt haben, ein leckeres Eis vielleicht?«

Beinahe hätte sie Krapfen vorgeschlagen, besann sich aber noch rechtzeitig. Marie wollte nichts. Sie sollten sich Zeit lassen, sie käme gut zurecht. Mathilde sorgte sich um Marie, die in den letzten Tagen immer stiller geworden war.

In Ecktal lief ihnen der schöne Polizist Nagler über den Weg.

»Nichts Neues«, rief er ihnen von der anderen Straßenseite aus zu und bat mit Handzeichen darum, sie möchten auf ihn warten. Eine Karawane mehrerer Wohnmobile hinderte Max Nagler am Überqueren der Straße, was er jedoch sofort tat, als sich die Gelegenheit dazu bot. Sichtlich erfreut begrüßte er die Damen. Gleich fiel ihm auf, dass die freundliche Marie fehlte. Ob es ihr gut ginge, wollte er wissen und behauptete allen Ernstes, sie zu vermissen.

»Ach, die Marie, sie leidet sehr«, erzählte Mathilde, »das Kind, sie hatte es so ins Herz geschlossen.«

Der Max schaute betreten zu Boden. Es habe sich bis jetzt kein neuer Erkenntnisstand ergeben, leider, er würde ihnen gerne Erfreulicheres sagen, doch die Ermittlungen steckten mangels Hinweisen fest. Aber etwas habe er doch für sie. Ihre Zeichnungen seien inzwischen eingescannt, und er könne sie ihnen doch am besten jetzt gleich, diesem Zufall sei Dank, zurückgeben, das erspare ihm eine Fahrt zum Reitbergerhof, obwohl er liebend gerne bei den Damen Kaffee getrunken hätte, aber die Zeit.

»Sie wissen ja, die Zeit!«

Er überlegte kurz.

»Die Polizeistation liegt gleich um die Ecke. Daher frage ich die Damen, ob Sie Lust zu einem Besuch auf dem Revier hätten, sie könnten sich gerne ein wenig bei der Polizei umsehen und die Mappe anschließend gleich mitnehmen, oder kann ich Sie in etwa zehn Minuten irgendwo treffen?«

»Wir gehen jetzt einkaufen, danach fahren wir zurück«, beendete Sonja seine langwierigen Überlegungen. Keinesfalls wollte sie seinem Kollegen Hodlmeier noch einmal über den Weg laufen.

Der Polizist wartete bereits vor dem Supermarkt, als die Drei das Geschäft verließen. Er wedelte mit der Mappe und übergab diese dann Mathilde.

»Nochmals vielen Dank für Ihre Hilfe. Vielleicht bringen uns die Zeichnungen auf die Spur der Kleinen. Wir verständigen Sie in dem Fall umgehend. Eine Adresse haben wir ja.«

Herr Nagler hatte es plötzlich eilig, wünschte noch einen schönen Tag und einen guten Aufenthalt. Spaßhaft schlug er die Hacken zusammen, stand stramm und führte zu einem militärischen Gruß die Hand an die Dienstmütze.

»Meine Damen, ich darf mich empfehlen.«

»Ist ja gut, bitte rühren«, sagte Sonja, und der schöne Max schüttelte den Damen lachend die Hand.

Die fuhren zurück zum Hof. Mathilde konnte es kaum erwarten, Marie zu sehen, die sie nur ungern allein gelassen hatte. Sie saß auf der Bank vor dem Haus und las in einem Buch. Eigentlich las sie gar nicht. Sie betrachtete in einem Bilderbuch jene Entchen, die Hermines Entzücken gewesen waren.

Mathilde gab ihr die Mappe.

»Die Zeichnungen gehören dir, Marie.«

Dann hörten sie nichts mehr von der Polizei. Nika trug glimmende Räucherstäbchen durch das Haus, Marie begleitete sie. Einmal gesellte sich auch Mathilde zu der kleinen Prozession. Sie verwandelten Maries Zimmer, in dem diese nicht mehr schlief, in einen kleinen Tempel. Nika stellte duftende Räucherstäbchen in leere Wassergläser und verteilte diese in einer geheimnisvollen Anordnung auf dem Fußboden. Sie stellte eine brennende Kerze ins Fenster und legte Schokola-

destückchen auf die Kommode, an die Stelle, an der Hermines
Stiefelchen gestanden hatten. In Maries matratzenlosen Bett-
kasten legte sie weiße Taubenfedern, die sie im Hinterhof gefunden hatte. Das könne niemals schaden, sagte sie und sang
leise ein Mantra. Marie summte mit. Unhörbar, nur mit der
Stimme ihres Herzens, betete sie dabei für Hermine, aber auch
noch für ein anderes Kind.

Sie besannen sich auf ihre eigentliche Absicht zu malen,
sich zu erholen und die Natur zu genießen. Sie machten
Spaziergänge, saßen vor dem Haus und malten die Wiesen-
landschaft in Aquarelltechnik. Sonja zeichnete, Bäume, das
Haus und einen Prototyp des Polizisten Hodlmeier, und sie
zeichnete Hermine, Spaghetti essend, Hermine auf der Türschwelle des ehemaligen Kuhstalls sitzend, Hermine Dellen in
den Krapfen drückend. Eine Hermine-Serie entstand vor den
Augen von Nika, Mathilde und Marie. Diese war selig. Nika
war glücklich über Sonjas verstecktes Bekenntnis zu einer Liebe, über die sie nicht sprach, und Mathilde war froh darüber,
dass die Ecktaler Polizei keine weiteren Hundestaffeln zum
Reitbergerhof schickte. Dort kehrte allmählich jene Ruhe ein,
die sie gesucht hatten. Nur Marie blieb unstet. Immer wieder
umrundete sie das Haus, schaute sogar unter die Deckel der
großen Mülltonnen, machte kurze Alleingänge in die Wiesen,
blickte zum Wald hinüber und stand da wie in Bronze gegos-
sen, unbeweglich. Tagsüber öffnete sie Türen im Ober- und
Unterstock, kontrollierte den Abstand der Bilderbücher in der
kleinen Bibliothek und schaute in die Duschkabine. Unkon-
zentriert saß sie vor ihrem Zeichenblock.

»Ich lerne es nie, was ich male, hat immer noch Kindergar-
tenniveau.«

»Das stimmt doch gar nicht«, widersprachen ihre Freundinnen. Sie hatten recht. Marie hatte sich dank des Malkurses zu einer ganz ordentlichen Aquarellkünstlerin entwickelt.
Doch jetzt fehlte ihr der Antrieb, sich auf Farben und Blumen

einzulassen, die sie sonst am liebsten malte. Blumen könne sie halt am besten, tröstete sich Marie, wenn sie, wie meistens, an einem anderen Motiv scheiterte.

»Ich glaube, heute ist nicht mein Tag«, sagte sie, legte den Aquarellblock zur Seite, stand auf und drehte eine Runde um das Haus, dabei in alle Richtungen starrend.

Kein Tag war Maries Tag. Diese vergingen, und am Ende ihrer Zeit packten sie die Taschen, putzten Küche, Bad und Aufenthaltsraum, entsorgten ihren Müll hinter dem Haus und verließen den Reitbergerhof. Ihr letzter Blick galt dem Wald. Sie sahen einen Wald wie es viele gab, nichts Besonderes zeichnete ihn aus. Ein dunkler Saum von Fichten verhinderte die Sicht in die Weite und in die Berge, die sich, das wussten sie, hinter dem Ecktaler Forst zu einem gewaltigen Gebirge auftürmten.

Mathilde fuhr los.

»Haben wir alle Lichter ausgemacht?«

Sie lachten. Heute, an diesem strahlenden Sonnentag, hatten sie zu keiner Zeit daran gedacht, eine Lampe zu benutzen. Doch sie erinnerten sich jetzt an das Licht, das bei ihrer Ankunft im Hof gebrannt hatte und dann erloschen war.

»Komisch«, sagte Mathilde, »ich fühlte mich all die Tage wie in einer ganz seltsamen Welt, als wäre ich hier eine andere Person geworden, oder so ähnlich, ach, eigentlich kann ich es nicht erklären, weil ich selbst nicht weiß, was mit mir passierte.«

»Und jetzt, wie ist es jetzt«, wollte Nika wissen.

»Es geht mir besser, von Kilometer zu Kilometer«, bekannte Mathilde und überholte einen Kleinbus.

Sonja, die hinten saß, klopfte Mathilde auf die Schulter.

»Pass auf, gleich kommt die Abzweigung nach Hochried.«

»Ja danke, hätte ich übersehen.«

Die Oberin der Kurklinik erwartete die Frauen bereits. Sie kam ihnen schon auf dem Parkplatz entgegen, machte einen leicht nervösen Eindruck und hoffte, die Frauen hätten noch etwas Zeit, sie müsse dringend mit ihnen sprechen. Sie bat sie in einen Gastraum im Erdgeschoss der Klinik, ließ Kaffee und Wasser servieren, fragte, ob sie gerne Kuchen oder lieber eine Butterbreze essen wollten.

»Eine Brezel, gern«, freute sich Marie. Nika bestellte aus Solidarität einen Käsekuchen. Sonja und Mathilde lehnten ab, sie seien noch satt vom Frühstück. Mathilde übergab der Oberin den Schlüssel vom Reitbergerhof und berichtete von der Endreinigung, die sie hoffentlich befriedigend erledigt hätten. Die Oberin, sie hieß Schwester Agnes, lächelte.

»Frauen hinterlassen das Haus meistens ordentlicher als sie es vorfinden«, sprach sie aus Erfahrung. »Ich bin mir sicher, dass es auch in Ihrem Fall nichts zu beanstanden gibt, im Gegenteil, wir haben Ihnen zu danken.«

Sie machte eine kleine Denkpause. Es schien, als habe sie ein spezielles Anliegen und wisse nicht, wie sie beginnen sollte. Dann sagte sie, dass es da etwas gebe und es fiele ihr nicht leicht, darüber zu sprechen. Dann redete sie doch.

»Herr Hodlmeier von der Ecktaler Polizei verständigte mich. Sie hatten Besuch von einem Kind, das wieder verschwand und dem Sie freundlichst Unterkunft gaben.«

Das hatte ihr der Polizist mitgeteilt.

»Nun«, sagte sie, wurde einen Farbton blasser, dann verschlug es ihr die Sprache. Sie schüttelte den Kopf, deutete damit an, in welchem Konflikt sie sich gerade befände. Sie klopfte sich mit einer Faust vor die Brust als wolle sie sich von etwas Verschlucktem befreien. Endlich fasste sie sich, blickte tapfer in die Runde und schlug vor, den Frauen am besten die ganze Geschichte zu erzählen, die sie, nach allem, was sie auf dem Hof erlebt hätten, wissen sollten, ja geradezu verdienten zu erfahren. Sonja setzte sich kerzengerade auf und nahm eine Abwehrhaltung ein. Die Oberin gefiel ihr nicht, ihre Geschichte würde ihr wahrscheinlich auch nicht gefallen. Doch Schwester Agnes kam allmählich in Fahrt, holte weit aus. Der Bauernhof

stamme aus dem Jahr 1730 und wurde über Generationen von
der Familie Reitberger bewirtschaftet. Der Familienname sei
daher auch heute noch Hausname des Anwesens. Es handele
sich um eine Liegenschaft ihres Klosters Moordorf. Alle Reit-
bergers waren jedoch äußerst zuverlässige Pächter und besaßen als solche weitreichende Rechte.

Eine leichte Schweratmigkeit zwang Schwester Agnes jetzt
zu einer erneuten Redepause. Das Wichtigste schien also noch
vor ihr zu liegen. Sie schaute Marie an, die mit Appetit in ihre
Breze biss.

»Das Ereignis, das nun Sie betrifft«, nahm die Oberin mit
etwas zittriger Stimme den Faden wieder auf, »geht ins Jahr
1852 zurück. Jene Familie Reitberger, die in dieser Zeit ansäs-
sig war, erfreute das Kloster durch ganz besonderen Fleiß. Die
Bauersleute wirtschafteten hervorragend und lebten vorbild-
lich nach den Regeln unserer heiligen Kirche. Sie hatten vier
Kinder, drei Buben und ein Mädchen. Das Mädchen war viel
jünger als ihre Brüder, die schon ordentlich mithelfen konnten. Dann, in einer Novembernacht, geschah Entsetzliches.
Eine Mörderbande überfiel den Hof. Die Männer erschlugen
die Eltern und ihre drei Söhne mit Äxten, schleppten die Lei-
chen in den Wald und deckten sie mit Fichtenzweigen ab. Die
Toten fand man erst Wochen später und bestattete sie direkt
vor Ort mit christlichem Ritual. Später setzte die Gemeinde
Ecktal einen Erinnerungsstein auf die Bestattungsstelle. Er
soll noch dort stehen, sagen die Leute, die im Forst arbeiten
müssen. Von der kleinen Tochter, Hermine Reitberger, fehlte
jede Spur, man fand sie nie, die Mörder auch nicht. Es soll
ein Raubmord gewesen sein. Das Haus befand sich in einem
schrecklichen Zustand. Schränke und Truhen waren mit Äxten aufgebrochen oder eingeschlagen worden. Ein blutver-
schmiertes Beil steckte noch in der Tür eines schweren Eichen-
schrankes und hatte diese zur Hälfte gespalten. Eine Blutspur
durchzog das ganze Haus. Gendarmen sprachen von einem

Ort des Grauens, den sie vorgefunden hatten. Die schlimmsten Einzelheiten möchte ich Ihnen ersparen. Man redet hier in der Gegend nicht von diesem Mord. Die jüngere Generation weiß wohl nichts darüber. Das ist gut so. Unser Kloster besitzt eine Chronik, in der alles genau beschrieben ist, aber ich konnte sie nicht für Sie besorgen. Sie wird nicht aus dem Haus gegeben. Wenn Sie einmal nach Moordorf kommen, dann fragen sie nach Schwester Rosa, sie ist die dortige Bibliothekarin. Sagen Sie meinen Namen und wer Sie sind. Ich musste Ihnen von dieser Geschichte berichten, da noch nie zuvor ein kleines Mädchen namens Hermine im Reitbergerhof aufgetaucht war, was immer man jetzt darüber denken will. Aber es gibt noch einen anderen Grund, weshalb ich Sie in Kenntnis setzte. Als Herr Hodlmeier bei mir anrief, bekam ich zunächst einen Riesenschreck. Wir berieten uns ausführlich. Er beruhigte mich und versprach, Ihnen wenigstens den Anschein einer Fahndung zu geben, die Ihnen die Hoffnung auf ein Wiedersehen mit dem kleinen Mädchen ließe. Außerdem, meinte er, wäre ein Abdruck Ihrer Zeichnungen vom Kind eine unschätzbar wertvolle Bereicherung für unsere Chronik, wenn Sie dies erlaubten, und wir sollten Sie freundlichst darum bitten. Er habe Ihre hervorragenden Portraits digital archiviert.«

Schwester Agnes war jetzt in ihrem Element und absolut krisenfest.

»Dann weiß also Herr Hodlmeier über den Mordfall Bescheid?«, fragte Nika.

»Natürlich«, antwortete die Oberin, »er kennt jedes Detail.«

»Sein Kollege, Herr Nagler, weiß er es auch?«

»Ja, der auch.«

Marie legte ihre halb verzehrte Breze in den Teller, Nika die Gabel neben ihren Käsekuchenrest.

»Wir überlegen jetzt im Mutterhaus, den Reitbergerhof als Gästehaus zu schließen. Was aus ihm werden soll ist noch unklar. Eine Kapelle vielleicht?«

»Ich glaube nicht, dass diese Hermine gefallen würde, sie aß so gern Spaghetti«, sagte Sonja.

»Wie bitte?«, fragte die Oberin, die Sonja akustisch nicht verstanden hatte.

»Nicht wichtig«, sagte Sonja und stand abrupt auf. »Fahren wir?«

»Eine Bitte hätte ich an Sie, auch im Namen unserer Schwesterngemeinschaft.«

Schwester Agnes' Bitte klang jedoch mehr wie eine Anweisung, die sie eindringlich gab.

»Wenn Sie uns etwas Gutes tun wollen, behalten sie das Erlebnis bitte für sich, wir wären Ihnen dafür äußerst dankbar.«

Schweigend fuhren sie nach Hause. Nur einmal rätselte Sonja:

»Warum sollten wir ihnen etwas Gutes tun wollen?«

Über das eben Gehörte konnten sie nicht sprechen, noch nicht, und über anderes zu reden war auch nicht möglich. Sie wussten aber jetzt schon, sie würden mit dem Erfahrenen leben, erhielten nie eine befriedigende Antwort auf ihre Fragen und könnten Hermine und den Karli niemals vergessen.

Sie trafen sich weiterhin, manchmal in einem Café, meistens aber in Maries Haus oder Garten. Bei ihrem ersten Treffen nach der Heimkehr schenkte Sonja Marie ein handgefertigtes Buch. Es enthielt die Geschichte eines Aufenthalts im Reitbergerhof und alle Zeichnungen, die Sonja in den Tagen nach Hermines Verschwinden von dem kleinen Mädchen geschaffen hatte, Bilder wie diese: Hermine, mit dem Karli im Arm, Hermine, auf der Schwelle des Kuhstalls sitzend, Hermine, Dellen in den Krapfen drückend.

»Sonja«, sagte Marie.

Ihre Augen glänzten.

LISBET TUT ES

Das Baby lachte, als Lisbet sich über den Kinderwagen beugte. Sein winziger Mund verzog sich dabei zu einem breiten Schlitz, aus dem ein Schnuller fiel, an dem es gierig gesaugt hatte. Aufgeregt ruderte es mit seinen kurzen Armen und streckte sie Lisbet entgegen. Trotz des warmen Sommertages trug es ein dünnfädig gestricktes, gelbes Mützchen, seine Beine strampelten wild unter einer gehäkelten, durch Lochmuster leicht und luftig geratenen Decke, von der es sich angestrengt zu befreien versuchte. Lisbet löste die Wagenbremse am Rad, dachte, dann wollen wir mal und fuhr mit dem Kinderwagen um die nächste Häuserecke in Richtung der nahen Straßenbahnhaltestelle. Kurz blieb sie vor dem Schaufenster eines Modegeschäfts stehen, besah sich T-Shirts und ein gelb-weiß gestreiftes Sommerkleid, hörte nichts als das Nahen der Straßenbahn und das Geräusch des ununterbrochenen Autostroms. Die Straßenbahn fuhr mit schleifenden Bremsen vor. Lisbet lenkte geschickt den Kinderwagen über den Einstieg. Sie stellte ihn an den für ihn vorgesehenen Platz, trat auf die Radbremse und stempelte ihren Fahrschein am Entwerter. Die gehäkelte Decke war inzwischen zu den Füßen des Babys gewandert, die wechselweise auf sie eintraten. Lisbet schüttelte die Decke aus und legte sie sorgsam über die nackten Beine des Kindes, das mit einem weißen Bodyhöschen bekleidet war. Sie beugte sich vor, fand den Schnuller neben dem Kopf des Babys und hakte ihn mit ihrem Zeigefinger am Greifring auf. Wie ein Glöckchen ließ sie ihn vor den Augen des Kindes

schaukeln, das vergeblich nach ihm fasste. Mit Ba-Ba-Ba- und
Schnalzlauten, brachte sie das Baby erneut zum Lachen. Als
dieses allmählich in Quengeln überging, und das Kleine beide
Fäuste gleichzeitig in seinen Mund bohren wollte, bekam es
von Lisbet seinen Schnuller zurück, den es sofort schmatzend
bearbeitete. Sie ließ die Finger ihrer linken Hand über dem
Baby tanzen. Es packte ihren Zeigefinger und hielt sich mit er-
staunlicher Kraft an ihm fest. Gleichzeitig schlief es ein. Einige
Mitfahrer warfen ihr wohlwollende Blicke zu. Eine ältere Frau
nickte anerkennend.

Lisbet fuhr bis zur vorletzten Station der Trambahnlinie.
Die meisten Fahrgäste waren inzwischen ausgestiegen. Sie
drückte den Halteknopf, wartete bis die Ausstiegplatte ausge-
fahren war und rollte den Wagen auf den schmalen Bahnsteig.
Nur zwei Männer und ein Trupp Schüler hatten mit ihr die
Bahn verlassen. Sie entfernten sich rasch, ohne sich für die
junge Frau mit ihrem Kind zu interessieren.

Lisbet kannte hier niemand, und niemand kannte Lisbet.
Sie wohnte erst seit vier Wochen in einem der riesigen Wohnblocks am Stadtrand, die zusammen genommen ein eigenes
Wohnviertel bildeten, eigentlich eine kleine Hochhausstadt
mit einem etwas zweifelhaften Ruf. Sie lebte dort mit ihrer
Mutter Karla, im zehnten und obersten Stock des wabenar-
tigen Wohngiganten, der, am äußersten Rand der Siedlung
gelegen, immerhin von ihren Fenstern aus einen weiten Blick
ins Flachland bot.

Sie schob den Kinderwagen und bemühte sich um eine fast
gemächliche Gangart. Sie horchte auf Geräusche wie das Sur-
ren eines Hubschraubers oder die Sirene eines Martinshorns.
Doch niemandes Leben schien an diesem Tag vom schnellen
Helikoptertransfer in die Klinik abzuhängen, niemand schien
den Einsatz einer Polizeistreife zu benötigen, als habe dieser
Tag beschlossen, einer der friedlichsten in der Geschichte der
Stadt zu sein. Das Baby schlief fest, als sie die große Eingangs-

tür ihres Blocks erreichte. Sie gab den Zahlencode für den
Türöffner ein, dann fuhr sie mit dem Aufzug in den zehnten
Stock. Trotz der vielen Menschen, die hier wohnten, war in
diesem Augenblick niemand unterwegs. Es war Mittagszeit
und ruhig im Haus. Der Fahrstuhl fuhr ohne Halt nach oben.

Lisbet schloss die Wohnungstür auf und schob den Kinderwagen in einen kleinen quadratischen Flur, stellte ihn in dessen Mitte, um keiner der vier Türen den Zugang zu versper-
ren. Sie warf keinen Blick mehr auf das Baby, sondern öffnete
eine Tür mit geriffeltem Glaseinsatz, durch den etwas Licht in
den fensterlosen Vorraum fiel. Auf einem dunkelgrünen Pols-
tersofa saß Karla, Lisbets Mutter.

Ein weit geschnittenes Kleid verhüllte ihre beachtliche Leibesfülle. Das Sofa war an der Stelle, an der Karla saß, stark
eingesunken. Ihre geschwollenen Beine lagen auf einem ebenfalls grünen Polsterschemel, reglos und seltsam verdreht, als
gehörten sie nicht zum restlichen Körper, sondern wären zusätzlich zu diesem unter den weiten Rock geschoben worden.
Karla bewegte ihre Beine nicht gern, sie konnten den schweren
Körper nicht allzu lange tragen. Sie trugen sie auch nicht mehr
aus dem Haus, gerade noch von der Küche ins Wohnzimmer, vom Wohnzimmer zur Toilette, manchmal in die kleine
Loggia, und, nach dem letzten Film im Nachtprogramm, ins
Schlafzimmer zu ihrem Bett, in dem sie etwas hochgelagert
abschwellen sollten. Viel tat sich über Nacht jedoch nicht in
diesen aufgeschwemmten Beinen, immerhin war es Karla dadurch morgens möglich, in extra weite Sandalen zu schlüpfen,
die Lisbet über ihre Füße schob. Breite Riemen konnten durch
Klettverschluss je nach Fußumfang verstellt werden, doch gab
es Tage, an denen das Fassungsvermögen der Sandalen an seine Grenze kam.

»Heute lauf ich barfuß«, sagte Karla in diesem Fall. Das war
eine verwegene Bemerkung, denn von laufen konnte genau
an diesen Tagen keine Rede sein.

Als sie am Tag des Einzugs mit dem Fahrstuhl in die neue Wohnung hochgefahren war, wusste Karla, dass sie den Weg nach unten nie mehr gehen würde. Im Grunde war sie froh, von nun an so weit oben über den Menschen zu leben, auf all das herabblicken zu können, was sie gequält und belästigt hatte und sich jetzt nur noch tief unter ihr in weiter Ferne klein und unbedeutend vor ihren Augen abspielte, wenn sie Lust darauf hatte, es zu sehen. Sehen konnte sie allerdings vieles, von einer blickgeschützten Loggia ihrer Wohnung aus, die den Vorzug hatte, in der äußersten Ecke des Gebäudes zu liegen. Kein Nachbar über ihr, nur einer zur Seite. Was unter ihr geschah, berührte sie nicht.

Karla hob den Kopf, als sie Lisbet sah. Sie hatte geschlafen.

»Du bist zurück?«

Sie versuchte sich aufzurichten, indem sie ihren Körper zuerst zur rechten, dann zu linken Seite kippte.

»Ich habe ein Baby«, sagte Lisbet.

»Du hast es?«

Karlas kleine eingeschwollenen Augen blickten ungläubig auf ihre Tochter.

»Du hast es,« wiederholte sie, und diesmal war es keine Frage, sondern eine befriedigende Feststellung.

»Es liegt draußen im Flur und schläft.«

Lisbet musste sich setzen. Plötzlich zitterten ihre Beine, alles an ihr zitterte, Arme, Hände, und ihre Zähne schlugen aufeinander. Kaltblütig hatte sie gehandelt und den Vorgang erfolgreich durchgeführt, mit mehr Glück als sie erwartet hatte, doch jetzt holten sie Angst und Panik ein. Sie saß auf ihrem Stuhl und wurde wie von unsichtbaren Kräften getreten und geschüttelt.

»Hör doch auf«, sagte Karla, »was machst du denn da, hör doch auf.«

Sie ließ ihre Beine vom Schemel gleiten und schob ihn mit den Füßen zur Seite. Dann ließ sie sich nach vorne fallen

und stützte sich mit den Händen an dem Sofa auf. Mit einem
Ruck stieß sie sich nach oben ab und stand. Sie hatte besondere Möglichkeiten der Fortbewegung für sich gefunden, und
wenn sie wollte, schaffte sie mehr, als zu vermuten war. Jetzt
wollte sie das Kind sehen, das gab ihr Kraft. Schwerfällig ging
sie zur Tür, holte Atem und blieb vor dieser stehen wie jemand, der die Vorfreude auf eine Überraschung gerne noch
etwas verlängern wollte. Sie öffnete die Tür erst einen Spalt
breit, dann ganz und blickte auf den Kinderwagen, ein älteres
Modell, in dem offensichtlich schon mehr Babys als dieses gelegen hatten. Der Wagen war jedoch stabil gebaut, nur wenig
ließ er sich von Karlas heftigem Griff, mit dem sie sich auf
seine Seitenwände stützte, nach unten drücken.

Sie sah das Kind. Das gelbe Mützchen war inzwischen weit
über die Stirn und seine Augen gerutscht. Als wolle es sich
von ihm befreien, drehte es den Kopf heftig hin und her. Eher
zufällig bekamen die kleinen Finger den Schnullerring zu fassen. Mit einem Schnalzlaut zog sich das Baby den Schnuller
selbst aus dem Mund, dann begann es zu schreien. Karla entwickelte Energie. Sie nahm das Kind hoch, zog ihm die Mütze
vom Kopf und küsste seine weichen Backen. Augenblicklich
war das Baby still. Es ließ sein Köpfchen auf Karlas gepolsterte
Schulter fallen und schnappte ein paarmal nach Luft, wie ein
Fisch im Netz.

»Na, na«, beruhigte Karla das Kleine. »Jetzt wollen wir mal
sehen, was wir Gutes für unseren Neuankömmling haben. Alles ist vorbereitet.«

Vorsichtigen Schrittes trug sie das Kind ins Zimmer, in
dem Lisbet noch immer auf ihrem Stuhl saß und mit den Zähnen klapperte.

»Hör jetzt endlich damit auf und mach ein Fläschchen«,
sagte Karla streng. »Sitz nicht so herum, tu etwas!«

»Wer hat denn hier die ganze Zeit etwas getan, und wer saß
immer nur wartend auf dem Sofa?«, sagte Lisbet mit aufeinan-

derschlagenden Zähnen. Zur Panik kam nun auch noch Ärger.

Sie schob einen Zeigefinger zwischen ihre Zähne, biss zu, um das Klappern zu stoppen.

»Lass das und mach endlich«, befahl die Mutter. »Siehst du nicht, dass der Kleine Hunger hat?«

Lisbet nahm den Finger aus dem Mund.

»Woher willst du wissen, ob das Baby ein Junge ist, ich hab jedenfalls nicht nachgeschaut.«

Eine kleine Enttäuschung würde sie ihrer Mutter mit einem Mal gönnen, die sich, wenn irgend möglich, einen Jungen gewünscht hatte. Ihr missfiel Karlas Befehlston, den sie gerade jetzt nach diesem aufregenden Einsatz weder ertrug noch verstand, und den sie einfach nicht verdient hatte. Das Zähneklappern ließ nach.

Lisbet war wütend. Sie ging in die Küche. Hier war für den Einzug eines Babys alles bestens eingerichtet. Tagelang war sie mit der Bahn kreuz und quer durch die Stadt gefahren. In weit voneinander entfernten Stadtteilen hatte sie sich in Drogerien mit Kleinstmengen von Babybedarfswaren versorgt, um nicht durch einen Großeinkauf aufzufallen. Hier ein Paket Windelhosen, dort ein weiteres, mal ein Fläschchen mit Sauger, Babynahrung in allen anonymen Einkaufszentren, die sie erreichte. Ihre Hamsterkäufe hatten sie in Stadtviertel geführt, von denen sie noch nicht einmal gewusst hatte, dass es sie gab. So gesehen war sie zu einer versierten Kennerin des Straßenbahnnetzes geworden. Das erworbene Wissen war ihr bei dem eigentlichen Zugriff heute deutlich zugute gekommen. Seit vier Wochen wohnten sie hier in dieser Wohnung, deren Miete wesentlich günstiger war als die bisherige mitten in der Stadt. Lisbet hatte den Umzug organisiert, Kartons gepackt mit Nötigem und Unwichtigem, hatte sich mit Karla um Kleinigkeiten gestritten, die in Lisbets Augen eher auf den Sperrmüll gehörten als in die neue Wohnung, wie ein kleines Blumentischchen, dessen viertes Standbein irgendwann unter einem zu schweren Gummibaum gebrochen war. Karla hatte Lisbet von ihrem grünen Sofa aus beim Packen zugesehen, hatte ihr Ratschläge erteilt und vor allem geträumt, von der neuen Wohnung ganz hoch oben, von dem Kind, das darin Platz fände, davon, dass jetzt bessere Zeiten kämen.

Die neue Wohnung war eingerichtet, der anstrengende Umzug lag hinter ihnen, und Karla saß oder lag auf ihrem grünen Sofa. Soweit hatte alles wieder seine Ordnung. Nun also noch das Kind. Lisbet hatte Karla schon vor dem Umzug versprochen, dafür zu sorgen und danach Ausschau zu halten. In den letzten Tagen hatte sie das verstärkt getan, war durch die Stadt gestreift, war durch Einkaufsmärkte und belebte Geschäftsstraßen gegangen, aber auch über Hinterhöfe und Spielplätze.

»Es ist nicht so einfach«, sagte sie am Abend zu Karla, die auf das Wunder wartete. »Es stehen keine unbeaufsichtigten Kinderwagen vor Geschäften, tut es einer, liegt kein Kind darin. Mütter sind heutzutage viel vorsichtiger geworden.«

Deshalb konnte sie es selbst noch nicht fassen, wie einfach das heute gewesen war, wie überraschend reibungslos es doch noch geklappt hatte, und das am Ende der Zeit, die ihr für die Erledigung der Aktion noch zur Verfügung gestanden hatte. In zwei Tagen trat sie eine neue Stelle in einer Großküche an, da würde sie gefordert sein und nicht in der Lage, nebenbei noch ein Kind zu entführen. Ein echter Glücksfall also heute, ein Griff an den Wagen und ab damit.

Doch jetzt wieder das Zittern. Lisbet füllte abgekochtes Wasser aus dem Kocher in eine Babyflasche, dabei verschüttete sie das meiste und musste nachfüllen. Sie zitterte stark und konnte den Topf nur mit Mühe halten. Mit dem Nahrungspulver erging es ihr ähnlich. Der Messlöffel traf nur ungenau die Öffnung der Babyflasche. Sie hätte dringend eine ruhige Hand gebraucht, aber die hatte sie nicht. Sie schöpfte noch einmal nach. Dem Kind sollte es an nichts fehlen. Sie schraub-

te den Sauger auf die Flasche und schüttelte sie kräftig. Eine
milchige Suppe schwappte auf und ab. Dann stellte sie das
Fläschchen in den elektrischen Wärmer. Es war Rolis alter
Flaschenwärmer, den Karla zu den nützlichen Umzugsgütern
gezählt hatte. Ein Lämpchen leuchtete auf und erlosch bei der
richtigen Temperatur der Babymilch.

Sie brachte Karla die Flasche, und natürlich, Karla hielt sie
ans Auge, um die Wärme zu prüfen. Das hatte sie immer so
getan, bei Lisbet, bei Roli, sicher war sicher. Das Baby trank
gierig, was für ein Glück! Lisbet setzte sich an den Tisch und
sah zu. Sie zitterte nicht mehr.

»Dass der Flaschenwärmer immer noch funktioniert, wundert mich, er ist doch schon ziemlich alt.«

Sie dachte nach und gab sich dann selbst eine Antwort.

»Roli hat ihn ja auch nicht sehr lange benötigt, vielleicht ist
das der Grund.«

Karla sah nicht einmal auf, obwohl diese Bemerkung sie
bei anderer Gelegenheit in eine schwere Verstimmung, im
schlimmsten Fall in Depression versetzt hätte. Normalerweise
vermied es Lisbet, Vergangenes zu erwähnen, um ihre Mutter
nicht aufzuregen, doch diesmal sah sie sich berechtigt, Karlas
Zumutung und ihren Anspruch an sie nicht gänzlich sprachlos
hinzunehmen. Jetzt reizte es sie, Dinge zu sagen, von denen sie
wusste, dass sie alte Wunden aufreißen würden.

Lisbet war erschöpft, da die Anspannung der letzten Stunden von ihr abfiel. Wie im weichen Übergang vom Wachsein
zum Schlaf, der die Sinne in Watte packt und man zu schwe-
ben glaubt, spürte sie weder die harte Sitzfläche des Stuhls,
noch ihren Hunger, der sie in den Stunden vor der Entführung
geplagt hatte. Sie war plötzlich so müde. Am liebsten wollte
sie unter ihre Bettdecke kriechen, Karla mit dem Baby auf ihrem Sofa sitzen lassen, sich ein Taxi nehmen und davonfahren,
egal wohin, nur möglichst weit weg aus dieser Wohnung und
von diesem Sofa, auf dem ihre Mutter ein gestohlenes Kind

fütterte, ein Baby, das Lisbet einfach mitgenommen hatte,
zum Unglück einer Mutter, die jetzt verzweifelt nach ihrem
Kind suchte. Für wenige Sekunden erkannte sie die bestür-
zende Realität ihrer Tat, dann legte sich wieder der Schleier
des Verdrängens auf Lisbets Gemüt. Sie tröstete sich mit dem
Gedanken, dass es dem Kind an nichts mangelte, es in den be-
schützenden Armen ihrer Mutter lag, und es dort womöglich
besser habe als bei einer Frau, die es, leichtsinnig wie sie wohl
war, vor einem Ladengeschäft abgestellt hatte. So etwas tut
heutzutage niemand mehr, keine liebende Mutter tut so etwas!

Sie hörte das Baby schmatzen. Mit der Flaschennahrung
schien sie ins Schwarze getroffen zu haben, nachdem sie sich
vor einer unübersichtlich großen Auswahl an Fertignahrung
für dieses Pulver entschieden hatte. Die Anweisung des Her-
stellers hatte sie genauestens studiert. Bis zum dritten Lebens-
monat des Kindes empfahl er diese Packung, vom dritten bis
sechsten Monat eine Anschlussnahrung, danach einen nahr-
haften Kinderbrei, angereichert mit Vitaminen und Spurenele-
menten, exakt berechnet für die Bedürfnisse eines Kleinkin-
des. Die Fertigmilch, die das Baby offensichtlich gerne trank,
schien, so schätzte Lisbet, für sein Alter passend, ein Umstand,
den sie nicht hatte voraussehen können. Es war noch sehr zierlich und gehörte altersmäßig mit Sicherheit in die Skala der
Dreimonatskinder. Mit erstaunlich kräftigen Zügen leerte es
seine Flasche und nuckelte noch zufrieden am Sauger, als dieser schon nicht mehr lieferte.

Das Kleine schien ein unkompliziertes Wesen zu sein,
friedfertig und dankbar für Wohltaten, die ihm geboten wurden, jedenfalls kein Schreihals wie Roli, der stundenlang ge-
brüllt und Karla damit an den Rand des Ertragbaren gebracht
hatte. Ein Schreibaby sei er halt, hatte die Kinderärztin fest-
gestellt, der Karla ihr Leid geklagt hatte. Jungen seien gerne
Schreibabys, das gäbe es öfter, und dass es besser würde mit
der Zeit, versuchte sie zu trösten. Doch es wurde nicht besser,

und Roli brüllte am Tag und in der Nacht, grundlos für seine
Eltern und die Schwester, und besonders ausgiebig nach sei-
ner Mahlzeit. Lisbet hatte sich damals vor jeder Fütterung des
Bruders gefürchtet, aus Angst vor der nächsten Brüllattacke.
Schliefen andere Kinder nach dem Essen müde ein, begann
Roli zu kreischen. Was immer Karla sich einfallen ließ, nichts
half, keine Bauchmassage, kein Beruhigungstee, keine Spiel-
uhr, die Roli den Schlaf bringen sollte. Erst als Rolis Vater das
Kissen nahm und zudrückte, war er endlich ruhig.

Danach schrie Karla. Wie eine Wahnsinnige schrie sie und
so laut, dass die Nachbarn kamen um zu sehen, was mit Karla passiert war. Rolis Vater saß in der Küche und starrte auf
den leeren Küchentisch, dabei hätte er schon längst zur Arbeit
gehen müssen, und Karla rannte hin und her und beruhigte
sich nicht. Sie drückte Roli an sich, und man musste ihr fast
die Arme brechen, um ihn zu bergen. Die Nachbarn glaubten,
Karla habe ihr Kind erdrückt. Doch als die Polizei eintraf, gestand der Vater. Bereitwillig ließ er sich abführen, sah noch
Lisbet an der Haustür, die aus der Schule kam.

Eine fremde Frau nahm Lisbet in Empfang, führte sie ins
Haus und brachte sie zu ihrer Mutter.

»Ihre Tochter ist hier«, sagte die Frau, wohl in der Hoffnung, Lisbets Anblick wäre für Karla eine Hilfe, irgendwie.
Karla war inzwischen ruhiggestellt worden, ein Arzt hatte ihr
eine Spritze gegeben.

»Oh mein Kind, mein armes Kind«, klagte ihre Mutter mit
seltsam tiefer Stimme. Es hörte sich an, als singe sie ein Lied,
ein Schlaflied vielleicht. Sie schaukelte ihren Oberkörper hin
und her und sah ihre Tochter mit leeren Augen an.

»Mama, ich bin doch nicht arm«, sagte Lisbet, die noch
nicht wusste, was passiert war.

Sie erfuhr es bald. Die Fremde bettete Karla auf das grüne
Sofa, hüllte sie in eine Wolldecke und wartete bis sie schlief.
Lisbet wartete auch.

»Wo ist Roli«, fragte sie, und die Frau sagte: »komm.«

Sie ging mit Lisbet in die Küche, fragte ob sie Hunger habe und schlug ihr vor, Rühreier zu braten. Doch in Lisbets Hals steckte ein Kloß, der immer größer wurde, und Rührei wäre das letzte, was diesen Kloß vertreiben könnte, sie wollte lieber wissen, wo Roli sei.

Die Frau, eine Sozialarbeiterin, sagte es.

Rolis Vater war nicht mehr zurückgekommen. Er saß im Gefängnis. Lisbet besuchte ihn nie. Karla konnte ihn nicht besuchen, sie wurde monatelang in einer psychiatrischen Klinik behandelt. Als sie entlassen wurde, riet man ihr, die Vergangenheit ruhen zu lassen, zu ihrem eigenen Besten. In einem Kinderheim hatte Lisbet inzwischen einen guten Platz gefunden. Dort erlebte sie zum ersten Mal in ihrem Leben sorglose Tage unter Kindern ihres Alters, und Betreuer die ihr halfen, das schreckliche Erlebnis nicht zu einer unkontrollierbar wachsenden Wucherung in ihrem Bewusstsein werden zu lassen. Leni, eine Erzieherin, begleitete sie einige Male auf den Friedhof, besuchte mit ihr das Grab des kleinen Bruders. Manchmal waren Lisbets Freunde aus ihrer Gruppe mit dabei. Die Kinder lasen die Inschrift auf dem weißen Holzkreuz, Roland, nur Roland stand da, darunter Geburts- und Sterbetag. Sie streichelten die Kreuzbalken, pflanzten Blumen aus dem Heimgarten in die Erde, Lisbet brachte Roli einen Teddybär, ein anderes Mal eine Plastikente. Sie setzten sich auf die Steinfassung des kleinen Grabes, Leni verteilte Schokoriegel, auch Roli wurde bedacht.

Karla verkaufte nach ihrer Heimkehr aus der Klinik das Reihenhaus, in dem ihre Familie schon in der zweiten Generation lebte, in dem Roli gestorben und ihr Mann verhaftet worden war. Sie zog in eine Wohnung mitten in der Stadt. Sie versprach sich davon Ablenkung, glaubte, sie könne nun bequem alle Geschäfte erreichen, durch die Straßen bummeln, ins Café sitzen. Sie müsse ihr Leben neu gestalten, etwas für sich tun, hatte der Kliniktherapeut geraten. Vor allem müsse

sie gut zu sich sein und an sich selbst denken, was sie wohl bis
jetzt vergessen habe zu tun, seiner Beobachtung nach. Nach
drei Jahren holte sie Lisbet zurück. Die freute und fürchtete
sich gleichzeitig vor dieser Veränderung. Das Heim war für sie
ein Ort der Beständigkeit gewesen.

»Sie ist deine Mutter«, sagte Leni, »sie möchte dich wieder
bei sich haben, du gehörst zu ihr, ihr seid eine kleine Familie.«

Karla hatte sich verändert. Sie war dicker geworden, behauptete leidenschaftlich gerne zu kochen. Lisbet wunderte sich. Sie erinnerte sich, dass ihre Mutter nur ungern am
Kochherd gestanden hatte. Jetzt war plötzlich alles anders. Ihre
Mutter sagte, sie habe dazugelernt, sehe ihre Verantwortung
und Lisbet bekäme endlich ein ordentliches Essen, das, so dünn
wie sie sei, im Heim nicht besonders reichhaltig hatte gewesen
sein können, sie erkenne das auf den ersten Blick. Sie stürzte
sich auf die Versorgung ihres einzigen Kindes, war beleidigt,
wenn dieses nicht restlos aß, was sie ihm im Teller aufgehäuft
hatte, hinterließ grundsätzlich ein Chaos in der Küche, das Lisbet nach dem Abendessen beseitigte.

Nach und nach legte sich Karlas Eifer um Lisbets Versorgung. Das Verhältnis von Mutter und Tochter kehrte sich um
in eine Tochter, die ihre Mutter versorgte. Es geschah unmerk-
lich, schleichend. Immer weniger trieb es Karla in die Küche,
dafür umso öfter auf ihr grünes Sofa, von dem aus sie liegend
Ideen entwickelte, wie man Strom und Wasser sparen, dieses
oder jenes durch Billigeres ersetzen könne, sie entwarf den
Speiseplan und jammerte, wenn Lisbet zu viel Zeit beim Ein-
kauf vertrödelte.

Die klagte nicht. Sie wusste, ihre Mutter war krank, Rolis Tod hatte eine psychische Störung ausgelöst, die die Ärzte
mit Medikamenten behandelten. Sie müsse diese Mittel nun
ständig einnehmen, legten sie ihr ans Herz und schrieben sie
auf Dauer arbeitsunfähig. Als sie Lisbet wieder zu sich nahm,
bezog sie bereits eine kleine Rente und Hilfe vom Staat.

Immer mehr wurde das Sofa zu Karlas Dauerruheplatz, auf dem sie es sich gut gehen ließ. Dazu hatte ihr Therapeut ja auch dringend geraten. Sie begann dort zu essen, außerhalb der üppigen Mahlzeiten, die Lisbet nach ihren Anweisungen zubereitete. Sie aß und hörte nicht mehr damit auf. Tagsüber waren es Schokoriegel und fettiges Salzgebäck. Dauernd krachte ein knusprig geröstetes Etwas in ihrer Hand und zwischen den Zähnen, oder sie aß ganze Schokoladetafeln wie Butterbrote, kaum abgebissen, schon verzehrt. Danach wurde Neues geknackt, abgeknickt oder gelutscht. Am Abend musste Lisbet tüchtig kochen, die Mutter verdoppelte die Rezeptangaben. Anschließend wurde gierig gegessen, danach aufs neue Schokolade eingeschoben, von einfachster Qualität, es wäre sonst einfach zu teuer geworden. Karlas Gewicht stieg an wie ein Hochwasserpegel bei Sturmflut. Lisbet sah es und konnte es nicht verhindern.

Trotzdem, oder gerade deshalb wollte Lisbet Köchin werden. Ihr eigentliches Berufsziel hieß Diätköchin, um künftig mit Fachwissen ihrer Mutter helfen zu können. Doch diesen Plan verriet sie vorerst nicht. In einem Ausflugslokal, zu dem ein großer Biergarten gehörte, erhielt sie eine Lehrstelle. Es lag am Flussufer, die Gäste konnten direkt am Wasser sitzen. Wer hier einkehrte, kam in der Regel bereits in guter Stimmung an und ging in einer noch besseren nach Hause. Lisbet gefiel die Arbeit, und dem Chef gefiel Lisbet, weil sie zuverlässig, geschickt und aufmerksam war und gute Vorkenntnisse besaß. An Tagen mit besonders regem Gastverkehr vertraute er ihr bereits im zweiten Lehrjahr die Zubereitung schwieriger Gerichte an, für die er in hektischen Stunden eine zu grobe Hand und keinen Nerv gehabt hätte.

Lisbet kochte gern für die gut aufgelegten Ausflügler. Mit weniger Begeisterung tat sie es für Karla, besonders am Abend, wenn sie müde nach Hause kam. Manchmal erlaubte der Chef, dass sie Restposten eines Gulaschs mit nach Hause nahm, oder

Maultaschen, die an manchen Tagen keine Liebhaber gefunden hatten. Das war für Lisbet eine große Erleichterung. Sie wärmte auf, servierte Karla ihre Riesenportion und sah ihr zu, wie sie aß.

Zwei Jahre nach dem Ende ihrer Lehrzeit kam Lisbets Vater aus dem Gefängnis. Am Tag seiner Entlassung bestieg er einen Bus, fuhr aus der Stadt und übers Land. An der Endstation stieg er aus. Dieser gegenüber stand das Wirtshaus »Zum letzten Kaiser«. Er trat ein, setzte sich an einen freien Tisch und bestellte ein Bier.

»Schöner Tag heute«, sagte die Bedienung.

Nach einer Regenwoche schien endlich wieder eine wärmende Sonne.

»Ja,« antwortete Lisbets Vater, »ein sehr schöner Tag.«

Er trank noch einen Schnaps, ging zur Toilette und erhängte sich an einem Haken in der Decke, an dem nicht nur eine schwere Lampe hing, sondern, zum Entsetzen der Wirtsleute auch Lisbets Vater, die ihn entdeckten, nachdem sie die Tür aufgebrochen hatten.

Dass er es in einer Gaststätte getan hatte, kränkte Lisbet besonders. Sie wollte es ihrem Chef auf keinen Fall sagen. Ein Makel war das für sie, ein weiterer Makel in ihrem Leben. Zuerst hatte der Vater Roli erstickt, saß danach im Gefängnis, nun störte er den Frieden eines Wirtshauses. Ein Vater zum Vorzeigen war das jedenfalls nicht, auch keiner, mit dem sie hätte leben wollen. Wie gewohnt, schonte Lisbet ihre Mutter. Der Vater habe einen Unfall gehabt, sei betrunken gewesen und wäre unglücklich gestürzt, log sie. Sie erledigte alle Formalitäten, holte, wenn nötig, Karlas Unterschrift ein und organisierte eine schlichte Beerdigung. Die Mutter schien nicht so genau wissen zu wollen, wie ihr Mann zu Tode gekommen war, ganz offensichtlich war ihr ein toter Mann angenehmer als ein lebender Strafentlassener. Sie hatte Rolis Vater zudem schon längst aus ihrem Bewusstsein getilgt, hatte ihn in ihrer Vorstellung ebenso erstickt, wie er das mit ihrem Kind getan hatte. Lisbet ging ohne ihre Mutter zur Beerdigung, Leni, die Erzieherin, begleitete ihr ehemaliges Heimkind. Karla wäre schon aus gesundheitlichen Gründen nicht mitgekommen, ihre Beine waren in diesen Tagen so dick wie kleine, prall gefüllte Sandsäcke und schmerzten sogar im Liegen.

Rolis Vater lag nun auf dem gleichen Friedhof wie sein kleiner Sohn, nicht weit von dessen Grab entfernt.

»Ist vielleicht gut so, wie es gekommen ist,« sagte Lisbet, als sie nach der Beerdigung auch zu Rolis Grab gingen. Sie hatte das weiße Holzkreuz inzwischen durch einen bescheidenen kleinen Grabstein ersetzt. Unter Roland stand jetzt auch noch Roli, und ein eingraviertes Sternchen verwies auf seine Heimat im Himmel. So hatte es Karla verlangt.

»Weißt du noch«, sagte Lisbet, »wie wir hier auf den Steinen saßen und Schokolade aßen?«

»Natürlich weiß ich es, und ich möchte es auch heute tun.«

Leni kramte in ihrer Tasche nach Schokoriegel.

»Einen für dich, einen für mich und diesen für Roli«, sagte sie und legte ihn auf das kleine Grab.

Karla klopfte dem Baby auf den Rücken, das Bäuerchen ließ nicht lange auf sich warten.

»So ist es gut«, lobte sie das Kleine, hob es hoch und küsste es.

Das Baby schnitt Grimassen und ließ immer wieder sein Köpfchen auf Karlas Nase fallen, versuchte an ihr zu lutschen. Karla strahlte.

»So ein kleiner Süßer bist du, was bist du nur für ein Schatz, auffressen könnte ich dich, du kleines liebes Kerlchen«, sagte sie und rieb ihre Nase an seiner winzigen Brust. Das Baby war begeistert.

Keinen Augenblick zweifelte sie daran, mit einem Jungen zu reden. Das Kind jauchzte vor Vergnügen und zappelte mit allem, was es zur Verfügung hatte, Arme, Beine, Händchen, Füße.

Da haben sich wohl zwei gefunden, dachte Lisbet.

Dann wickelte sie das Kind. Sie trug das Baby ins sehr kleine Badezimmer und legte es auf Rolis alten Wickeltisch, den sie schon vor einigen Tagen aus ihrem Kellerverschlag des Wohnblocks geholt und auf die Badewanne gesetzt hatte. Karla war den beiden mühsam gefolgt und stand jetzt eingeklemmt zwischen Wanne und Toilette, auf der sie sich vorsichtig niederließ. Auch im Sitzen sah sie noch genug, vor allem, dass Lisbet alles richtig gemacht und ihr einen Jungen besorgt hatte.

»Roli«, sagte sie, »es ist Roli.«

»Nein, das ist er nicht«, stellte Lisbet klar. »Aber es ist ein kleiner Junge, da hast du recht.«

Geschickt legte sie dem Baby eine frische Windelhose an, stupste es in den Bauch, rieb seine nackten Füße zwischen ihren Händen und zog es an den Ärmchen in die Höhe.

»Er kann schon den Kopf halten, das ist gut«, sagte sie und ließ das Baby wieder langsam auf den Rücken gleiten. Dann zog sie es an. Den Body, den das Kind getragen hatte, legte sie beiseite, Hemdchen und Strampler hatte sie bei ihren Hamsterkäufen besorgt, und, um auch etwas zu tun, reichte Karla ihr die neue Wäsche in genau der Reihenfolge, wie Lisbet sie anwies. Anschließend bezog Karla wieder ihr grünes Sofa, und Roli, das Kind, das ihr nicht gehörte, das sie aber nun hartnäckig Roli nannte, lag auf der liegenden Karla wie auf einer etwas zu schwach aufgeblasenen Luftmatratze, auf der man zwar ein bisschen einsinkt, sich aber wie in einem weichen Nest geborgen glaubt. Roli ging es gut auf Karlas Bauch. Er strampelte, schlug die winzigen Fersen in dessen üppige Beschaffenheit und schien für den Augenblick den Platz seines Lebens gefunden zu haben.

Lisbet hatte sich eine Tasse Kaffee gemacht, saß am Tisch und sagte:

»Und?«

»Was meinst Du?«, wollte Karla wissen.

»Ja und, wie soll es jetzt weitergehen, übermorgen muss ich

zur Arbeit, wie willst du das mit dem Kind hier schaffen, und wie sieht es mit deinem Versprechen aus?«

Sie sprach streng mit Karla, die mit ihren fleischigen Händen Rolis Köpfchen graulte, als graule sie einen kleinen Hund.

»Ich schaff das schon, warum sollte ich nicht, geh du nur in deine Arbeit und überlass das uns, nicht wahr, Roli, wir schaffen das«, sagte sie so munter, wie sie schon lange nicht mehr geredet hatte.

Das ist doch krank, dachte Lisbet, den Kleinen dauernd Roli zu nennen. Doch Karlas Freude an dem Kind ließ sie auch hoffen.

»Wie sieht es damit aus, was du mir versprochen hast, du weißt was ich meine«, erinnerte sie ihre Mutter an die Absprache, Kind und Diät voneinander abhängig zu machen.

»Wenn ich ein Kind habe, werde ich weniger essen«, hatte sie Lisbet zugesagt.

»Wir werfen die Süßigkeiten weg, ein für alle Mal, und ich esse nur noch geregelte Mahlzeiten. Roli lenkt mich ab, ich denke schon jetzt nicht mehr an naschen, hättest du mich nicht soeben daran erinnert.«

»Gut«, sagte Lisbet, »dann fangen wir am besten gleich damit an.«

Sie holte aus der Küche einen Müllsack, öffnete eine Tür der Schrankwand und warf die in mehreren Fächern gestapelten Großpackungen von Chips, Keksen, Schokoriegeln und Schokoladetafeln in den Sack. Sie band ihn zu und ging zur Tür.

»Ich werfe ihn jetzt sofort in die Tonne, ist erst alles weg, vergeht auch die Versuchung, wieder schwach zu werden.«

Im Aufzug traf sie drei Jugendliche.

»Wollt ihr Süßes, ich mach gerade eine Diät.«

Sie öffnete den Beutel, und die Jungen griffen zu.

»Ihr könnt alles haben, verteilt es an eure Freunde.«

»Das passt«, sagte der größte von ihnen, »wir gehen gerade auf eine Party, klar, das Teil geht mit.«

Lisbet kochte das Abendessen, Rahmgulasch mit Kartoffeln und Gemüse, eine ordentliche Menge, da sich Karla erst langsam an kleinere Portionen gewöhnen sollte. Sie hatte sich nach ihrer Ausbildung zusätzlich mit gesunder Ernährung beschäftigt, hatte darüber ein Wissen erworben, das ihr die Schädlichkeit von Karlas Esssucht noch drastischer vor Augen führte. Sie wusste, würde Karla in dieser Form weiteressen, koste es sie das Leben, oder ein Pflegefall stünde ins Haus. Das Kind war ein Teil des Deals, den sie mit der Mutter vereinbart hatte, mit etwas anderem hatte sie Karla nicht umstimmen können.

Die saß seit langer Zeit wieder einmal am Tisch, anstatt die Mahlzeit auf dem Sofa einzunehmen.

»Gute Esssitten gehören auch dazu, wenn eine Diät erfolgreich sein soll. Die äußerliche Haltung beeinflusst die innere«, dozierte Lisbet und bat ihre Mutter, langsamer zu essen und nicht zu schlingen.

»Der Fernseher bleibt während der Mahlzeiten aus, des Kindes wegen, auch weil es dir sonst nicht möglich ist, dich auf das zu konzentrieren, was du im Teller hast, und das ist ein sehr gutes Essen, von einer sehr guten Köchin zubereitet.«

Karla folgte brav Lisbets Anweisungen und bemühte sich, weniger auf die Gabel zu spießen und langsamer zu kauen. Roli lag auf dem grünen Sofa und gähnte, seine Abendflasche hatte er bereits getrunken. Karla aß noch eine zweite Portion Gulasch, für den Einstieg in die Diät war das heute in Ordnung. Lisbet wusste, zu strenge Regeln entmutigen viele diätwillige Menschen. Als Karla sich satt fühlte, drehte sie dröhnenden Schrittes drei Runden um den Tisch zur körperlichen Ertüchtigung. Dann ließ sie sich außer Atem auf ihr Sofa fallen und griff nach dem Kind, das durch das Beben des Polsters auf die Seite gekullert war. Sie legte ihre schweren Beine auf den Fußschemel und wiegte das Baby in ihren weichen Armen in den Schlaf.

Lisbet schaltete den Fernsehapparat ein. Sie wollte Nachrichten sehen, heute vor allem den Regionalsender, der wohl

als Erster das Verschwinden eines Kindes in der Region melden
würde. Doch zu Lisbets Erstaunen schien niemand ein Kind zu
vermissen. Im ersten Augenblick war sie beruhigt, dann sagte sie sich, es wird noch kommen, viele Fahnder warten erst
einmal ab, ehe sie an die Öffentlichkeit gehen. Doch auch im
Nachtmagazin wusste der Sprecher nichts von einer Entführung. Bevor sie zu Bett ging, öffnete sie vorsichtig die Tür zum
Schlafzimmer ihrer Mutter und schaute nach Karla und dem
Baby. Ihre Mutter lag mit ausgestreckten Armen reglos auf
dem Rücken. Sie atmete mit offenem Mund, aus dem ein lei-
ses Pfeifgeräusch entwich. Lisbet schlich auf Zehenspitzen zum
Kinderwagen, der dicht neben Karlas extra breitem Bett stand.
Das Baby war in einen tiefen Schlaf gefallen. Der Schnuller
des Kleinen hing bewegungslos in seinem leicht geöffneten
Mund. Was für ein pflegeleichtes Kind, dachte sie, während sie
sich an Roli, ihren Bruder und Schreihals erinnerte.

Sie schlief schlecht. Immer wieder wachte sie auf, horchte auf
Geräusche wie Babygeschrei, oder auf Hilferufe von Karla.
Auch befürchtete sie, Karla schleppe sich in die Küche und
beruhige ihren wütenden Magen mit Wurstbroten oder Gu-
laschresten, oder ihre Mutter erleide hungrig einen Schwäche-
anfall und stürze beim Gang zur Toilette, der in den meisten
Nächten ein geräuschvolles Unternehmen war, das Lisbet regelmäßig weckte. Spät schlief sie ein und erwachte erst, als
sie Karlas stampfende Schritte und ein Baby weinen hörte. Es
schrie nicht wütend, wie es Roli getan hatte, dieses Baby klagte, jammerte, Lisbet glaubte sogar, ein Schluchzen zu hören,
dazwischen Karlas beruhigende Stimme.

»Gleich ist es soweit, ja, mein Roli kriegt sein Fläschchen,
mein armes Kind hat Hunger, Mama weiß.«

Lisbet sprang aus dem Bett. Auf ihrem grünen Sofa saß
Karla, die dem Kind die Flasche gab. Sie saß in ihrem weiten
Nachthemd und stemmte die nackten Füße auf den Boden,

den sie nur mit den Zehenspitzen erreichte. Bei jedem zweiten oder dritten Schluck, den das Baby tat, schluckte sie mit, aus Hunger vielleicht, oder war es ein Mutterreflex, der hier zum Ausdruck kam? Lisbet war irritiert. Sie konnte sich nicht daran erinnern, dass Karla bei ihrem Bruder Roli geschluckt hatte.

Ich war ja noch ein Kind, und wenn ich es sah, habe ich es längst wieder vergessen, dachte sie.

»Du hast noch gar nicht gefrühstückt«, sagte Lisbet.

Karla konnte ihren Blick nicht von dem Baby lösen, außerdem musste sie schlucken. Sie schüttelte nur den Kopf, und Lisbet erklärte, sie ginge dann mal das Frühstück machen. In der Küche herrschte heile Ordnung, nichts hatte Karla verschüttet, weder Pulver noch Wasser. Wie war es ihr nur gelungen, wunderte sich Lisbet, so geschickt zu arbeiten, war sie womöglich zu sehr viel mehr fähig als sie vorgab? Hatte sie ihre Tochter ständig getäuscht, aus Bequemlichkeit, aus Selbstmitleid? Gleichzeitig war sie froh über diesen Tatbestand am frühen Morgen, der ihr eine große Sorge abnahm.

Karla trug ihren neuen Roli ins Bad, sie ging langsam, jeden Schritt sorgsam absichernd, wickelte ihn unter Lisbets Aufsicht und trug ihn, wie nach einer bestandenen Prüfung zum grünen Sofa zurück. Dort hatte das Baby nun seinen endgültigen Liegeplatz, den es, seiner Stimmung nach zu urteilen, über alles schätzte.

Während Lisbet und Karla am Tisch saßen und frühstückten, lag der Kleine in den grünen Polstern und genoss uneingeschränkte Freiheit. Er zappelte, schlug sich mit den Händchen auf den Bauch und schien mit kehligen Lauten die beiden Frauen unterhalten zu wollen. Karla strotzte nur so vor neuer Energie und guten Vorsätzen. Nie hätte sie gedacht, bekannte sie, wie leicht es ihr falle, auf diesen Zuckermist zu verzichten, diesen Industriedreck, der ihr, das spüre sie schon jetzt, ordentlich aufs Gemüt geschlagen habe. Sie aß Apfelschnitze, die Lisbet in mundgerecht geschnittenen Stücken auf

einem Teller angerichtet hatte, lobte das Vollkornbrot, das sie
sonst verschmähte, weil sie eine leidenschaftliche Weißbrot-
liebhaberin war, genoss das leckere Rührei, das sie vor einem
Hungeranfall schützen sollte, wenigstens bis zum Mittagessen,
ein Töpfchen Müsli mit Joghurt war auch noch erlaubt und
schmeckte Karla zu ihrer eigenen Überraschung ziemlich gut.
Mehrere Tassen Kaffee verschafften ihr gewohnten Genuss,
der sie zudem antrieb, wieder ihre Runden um den Tisch zu
gehen, mit einer leichten Leistungssteigerung von drei auf
vier. Roli lachte und schüttelte seine Ärmchen, wenn ihre
Laufrunde sie in seine Nähe brachte. Alles schien gut zu sein
an diesem ersten Morgen mit Baby, auch im Morgenmagazin
war das Kind kein Thema, eine verzweifelt suchende Mutter
ebenso wenig. Bis jetzt gab es in den Medien keinen Hinweis
auf eine Entführung, auch nicht in den Mittagsnachrichten,
auch nicht am Abend, nicht in der Nacht.

Den gab es auch in den folgenden Tagen nicht, und Lisbet
kam zu dem Schluss, solange es in der Presse keine Entführung gab, hatte diese auch nicht stattgefunden. Das mit Roli,
inzwischen nannte sie ihn Roli, wie es die Mutter tat, stand
auf einem anderen Blatt. Fest glaubte sie, ein guter Geist habe
ihr das Baby zugesprochen, es so platziert, dass sie es finden
musste, und begleite sie seither bei ihren Mühen um das Kind
und ihre Mutter Karla. Und das waren schließlich nicht wenige, ein Baby machte Arbeit, die Mutter auch. Sie und Karla
fühlten sich außerdem entschädigt für ein schreckliches Leid,
das vor allem Lisbet als Kind nicht hatte verhindern können,
das sie aber nun als Erwachsene durch glückliche Fügung und
unter den Augen einer freundlichen Vorsehung wieder gut
machen konnte. Ein höheres Wesen hatte dafür gesorgt, ja,
zeichnete dafür verantwortlich, dass ihr und Karla spät, aber
nicht zu spät, Genugtuung für ausgestandenen Schmerz wi-
derfahre. Eine höhere Macht hatte sich ihrer nur bedient und
sie geleitet, hatte Lisbets Hand an den Kinderwagen gelegt.

Es musste so sein, und deshalb konnte von einem Verbrechen keine Rede sein. Sie selbst würde nie und nimmer in ihrem Leben ein solches begehen können. Sie, Lisbet, die die Zuverlässigkeit selbst und ein durch und durch ehrlicher Mensch war, hatte noch nie auch nur die kleinste Kleinigkeit entwendet, weder in ihrer Lehrzeit im Ausflugslokal, noch später an ihrem zweiten Arbeitsplatz im Restaurant Burgkeller. Keinen Löffel, kein Handtuch, nicht einmal einen Putzschwamm hatte sie mitgenommen. Dass sie ein Kind mitgenommen hatte, war etwas ganz anderes und hatte mit einem Verbrechen nichts zu tun.

Lisbet begann ihre Arbeit in der Mensa der Universität. Der Vorteil dieser neuen Stelle lag in einer geregelten und verkürzten Arbeitszeit, die bereits um fünfzehn Uhr endete. Sie war für die Mittagsschicht eingestellt worden, die morgens um sieben Uhr mit Gemüse putzen begann und nach der Reinigung der Mittagsküche endete. Dazwischen formte sie Berge von Buletten, klopfte Schnitzel, rührte in Soßen und warf kübelweise Fritten in heißes Öl. An die Essensausgabe gelangte sie nur, um Nachschub anzuliefern. Sie gehörte zur Küchentruppe, ein gut gelauntes, rationell arbeitendes Team, mit einer noch jungen, fröhlichen Chefin. Diese mochte Lisbet vom ersten Tag an, da sie deren Geschick und ihre rasche Auffassungsgabe sofort erkannte und schätzte. Margitta sorgte mit ihrem straff organisierten Arbeitsplan für eine entspannte Atmosphäre, da jeder ihrer Mitarbeiter seine genau umrissenen Aufgaben erledigte. Nebenbei blieb noch Zeit für ein Schwätzchen, für witzige Zurufe oder verständnisvolle Blicke. Lisbet fühlte sich wohl, es ging ihr so gut wie schon lange nicht mehr.

Auch mit Karla und Roli ging es gut. Karlas Leibesfülle zeigte zwar noch keine Anzeichen einer Verringerung ihres Umfangs, das würde dauern, wusste Lisbet, doch versicherte Karla, sie fühle sich durch ihre Diät bereits jünger und belastbarer, was sie durch ihre Pflege für Roli täglich bewies. Inzwischen durfte Roli auf Karlas Arm an ihrem Lauftraining um den Tisch teilnehmen, das sie alle zwei Tage um eine Runde erweiterte.

»Heute legen wir die Latte wieder höher«, sagte sie zu ihrem Baby, welches mit Begeisterung an ihrer Sportveranstaltung teilnahm. An sonnigen Tagen öffnete sie die Balkontür und ging mit Roli in die Loggia. Lisbet hatte eine Bank unter dem breiten Wohnzimmerfenster aufgestellt. Den Blicken des Wohnungsnachbarn entzogen, saß sie mit dem Kind auf ihrem Schoß in der warmen Sommerluft und zeigte ihm die vorbeiziehenden Wolken in wechselnden Gestalten. Ein Bär zog vorbei, ein Gebirge türmte sich auf, Engel mit Flügeln schwebten dahin, gefolgt von Schäfchen in Horden, und irgendwann erschien ein Kind das ihnen zuwinkte.

»Schau nur, Roli, das ist dein kleiner Bruder, kannst du ihn sehen?«

Roli warf seine Ärmchen in die Luft, als wolle er der Babywolke zuwinken.

Auch nach weiteren Wochen wurde kein Kind vermisst. Niemand dachte an so etwas, keine Zeitung berichtete davon, in den Nachrichtensendungen blieb es ruhig.

Lisbet kaufte nach der Arbeit ein, kam nach Hause und kochte wieder. Sie kochte nach wie vor reichlich, damit Karla sich einen ordentlichen Rest des Gerichtes am nächsten Tag zur Mittagszeit aufwärmen konnte. Sie war froh, die beiden bei ihrer Heimkehr wohlbehalten vorzufinden und die Wohnung in ebenso beruhigendem Zustand anzutreffen. Karla schwärmte von Rolis Fortschritten, die sie täglich neu wahrnahm. Roli habe Schäfchen am Himmel gezählt, doch dass er einem Wolkenbaby zugewunken habe, behielt sie für sich.

Nach einigen Wochen entdeckte Lisbet an Karla Zeichen der beginnenden Verschlankung. Die Gesichtshaut war nicht mehr zum Platzen gespannt, sondern legte sich weicher über ihre ebenfalls sichtlich schwindenden Backenpolster. Ihre Augen, die Lisbet an Rosinen in einem aufgegangenen Hefeteig erinnert hatten, blickten in voller Größe aus einem Gesicht, dessen Schönheit mit einem mal wieder zu erkennen war. Karlas Beine schwollen langsam ab, und Lisbet besorgte ihr ein einfaches Sommerkleid, zwei Nummern kleiner als ihr bisheriges. Karla konnte es nicht fassen, als ihre Pfunde plötzlich schmolzen wie Schnee bei Tauwetter. Sie entwickelte noch größeren Eifer, kümmerte sich neben Roli jetzt auch um Lisbet, die eine Entlastung sehr wohl verdiente und sich nach der Arbeit erholen sollte. Sie bot an, in Zukunft das Abendessen zu kochen, abwaschen wolle sie ebenfalls. Lisbet bremste Karlas Eifer nicht. Sollte sie doch in der Küche loslegen, sie würde sich derweilen gern mit Roli beschäftigen, der von Tag zu Tag handlicher wurde und in unverständlichen Lauten lange Geschichten erzählte. Lisbet kaufte die Folgenahrung für Babys über drei Monate.

An manchen Tagen wurde Lisbet von Margitta in die Essensausgabe verliehen. Das Personal an der Theke kränkelte gern und zeigte wenig Interesse an der Arbeit. Vielleicht lag das an dem anspruchsvollen Verhalten mancher Studenten, die sich selten mit dem Angebotenen zufrieden gaben und klagten, die Bohnen seien zu weich, die Karotten zu hart, der Blumenkohl zermatscht und die Schnitzel bereits lauwarm, Burger habe man auch schon bessere gegessen, und überhaupt zöge man in Zweifel, ob die Küche schon mal etwas von gesunder Ernährung gehört habe.

Lisbet half zur Abwechslung gern an der Essensausgabe. Sie legte reichlich auf und blickte dem jeweiligen Empfänger ins Gesicht, lächelte und wünschte guten Appetit.

In der Warteschlange vor der Theke, fiel ihr eine junge Frau auf, die sie schon einige Male bedient hatte. Sie erkannte die Studentin an ihrem auffällig gemusterten Schal in kräftigen

Blaufarben, die Lisbet gefielen. Auch heute trug die Studentin ihren blau schimmernden Schal, diesmal locker über der Schulter liegend, und nicht wie sonst mehrfach um den Hals geschlungen. Die junge Frau kam an die Reihe. Lisbet legte das gewünschte Schnitzel mit der Servierzange auf den Teller, gab Karotten und Kartoffeln dazu und schaute sie wie immer freundlich an. Doch dieses Mal griff die Studentin nicht nach dem Teller, sondern blickte zu Boden.

»Geht es ihm gut?« fragte sie.

Lisbet ließ die Zange in die Wärmewanne fallen und erstarrte.

»Ja, es geht ihm gut«, flüsterte sie.

Als habe soeben zwischen ihnen ein greller Blitz eingeschlagen, dem mächtiger Donner erst noch folge, standen sie sich gegenüber und sahen sich erschrocken und ängstlich an.

Die Studentin fasste sich als erste, und nahm ihren Teller.

»Können wir uns irgendwo treffen?«

Lisbet nickte.

»Natürlich«, sagte sie, »am besten nach der Arbeit, ab fünfzehn Uhr hab ich frei.«

Ihre Knie zitterten, ihre Stimme auch.

»Das Café in der Heubergerstraße, kennst du es? Dort warte ich auf dich«, sagte die junge Frau und machte Platz für die hinter ihr Stehenden.

Lisbet legte Schnitzel, Leberkäse oder Buletten auf Teller, reichte sie über die Theke und wünschte Guten Appetit. Sie stand aufrecht, doch wie in einem See, dessen Grund sich unter ihren Füßen senkte, dessen Wasser jedoch gleichzeitig strudelartig nach oben quoll. Wie sollte sie sich nur aus dieser Lage retten? Margitta sprach sie während der Küchenreinigung an.

»Ist was, Lisbet, du bist so still.«

»Alles bestens«, sagte Lisbet und fuhr mit dem Schwamm über die Arbeitsplatten.

Als sie das Café in der Heubergerstraße betrat, saß die Studentin schon an einem Tisch. Ein Kaffeebecher stand vor ihr, den
sie mit beiden Händen umschloss.

Lisbet setzte sich und wartete, denn sie wusste nicht, was
sie sagen sollte.

»Ich heiße Gesine«, sagte die Studentin, »sagst du mir deinen Namen?«

»Lisbet«, hauchte Lisbet.

»Möchtest du etwas trinken, ich habe mir schon mal einen
Kaffee bestellt.«

Die Studentin schien sich inzwischen gefasst zu haben. Sie
hatte von Anfang an die besseren Bedingungen bei dieser Begegnung, war vorbereitet gewesen und nicht wie Lisbet aus
heiterem Himmel überrumpelt worden. Sie winkte der Bedienung. Lisbet bestellte Orangensaft. Gesine spürte ihre Angst.
Sie sah sie in ihren Augen, die nicht wussten, auf wen oder was
sie sich richten sollten.

»Hör zu, Lisbet, wir klären eines von vornherein, es gibt
hier kein Opfer und keinen Täter, weißt du, wir beide sind
Komplizen, nichts anderes.«

Lisbet begriff nicht sofort, was Gesine damit sagen wollte.

»Aber ich habe das Kind entführt,« gestand sie ohne Um-
schweife und plötzlich furchtbar stotternd.

»Und ich habe es ausgesetzt. Verstehst du, was ich meine?«

Der Orangensaft wurde serviert. Gesine bat Lisbet, erst
einmal zu trinken, um sich von dem Schrecken zu erholen.
Die nickte schuldbewusst wie ein kleines Mädchen nach einer
begangenen Untat und trank brav ihren Saft.

»Ich sag dir jetzt zuerst einmal, warum ich das tat, nachher
kannst du mir deine Geschichte erzählen. Machen wir es so?«

Gesine übernahm, da Lisbet absolut eingeschüchtert wirkte, die Führung des Gesprächs. Sie schilderte ihre missliche
Lage, Studium und Baby nicht unter einen Hut gebracht zu
haben, weil, und das sei das Schlimmste, ihr Freund sie verlas-

sen habe, als er von der Schwangerschaft erfuhr. Auch ihren
Eltern konnte sie sich nicht anvertrauen, sie erwarteten begie-
rig ihren Studienabschluss und wären entsetzt gewesen, von
einem Kind zu hören. Ganz allein habe sie die Geburt überstanden, ebenso die ersten Wochen mit ihrem Baby.

»Irgendwann vor dem Examen kam mir die Idee einer kon-
trollierten Aussetzung, das heißt, ich wollte beobachten, wer
das Kind mitnehmen würde. Ich sah einfach keinen anderen
Ausweg als diesen. Ich stellte den Wagen vor dem Schaufenster der Lederwarenhandlung ab, ging in das Geschäft und versteckte mich hinter einem Drehständer, an dem eine Menge
Umhängetaschen hingen. Ich tat, als suchte ich eine Tasche,
sah dabei aus dem Fenster und behielt den Wagen im Auge.
Ich staunte, als mehrere Leute achtlos an ihm vorbeigingen.
Niemand interessierte sich für ein abgestelltes Baby. Ich wollte
das Ganze bereits abbrechen, doch dann kamst du. Es gefiel
mir, wie du dich über den Wagen beugtest, so besorgt, so liebevoll. Da entschied ich mich, dir das Kind zu überlassen, ich
dachte, wenn sie es haben will, dann bekommt es diese junge
Frau, die dann so ruhig und gelassen mit meinem Baby fortgegangen ist. Wärst du ein mir unsympathischer Mensch gewesen, wäre ich schreiend hinter dir hergerannt. Irgendetwas in
meinem Innern aber sagte mir, dass es mein Baby bei dir gut-
haben würde. Es war nicht einfach für mich, so etwas zu tun,
das darfst du mir glauben. In den ersten Tagen weinte ich viel.
Doch ich musste lernen, lernen, lernen, so schaffte ich mein
Examen, auch wenn ich ständig an mein Kind denken musste.«

Es kam Lisbet so vor, als rede sich Gesine die Seele aus dem
Leib. Sie vermutete richtig, denn Gesine hatte noch nie mit
jemand darüber gesprochen, und es erleichterte sie, es endlich
tun zu können. Sie trank etwas Kaffee, holte Atem.

»Aber erzähl mir von meinem Baby, wie geht es ihm?«

»Roli geht es sehr gut«, antwortete Lisbet.

»Wieso Roli, mein Baby heißt Sven.«

»Das wusste ich ja nicht, aber irgendeinen Namen mussten
wir dem Kind doch geben. So nannten wir ihn Roli, so hieß
mein Bruder.«

Dann erzählte sie von ihrer Mutter, die das Kind hüte, und
dazu die restliche Geschichte.

Gesine bestellte einen zweiten Kaffee, Lisbet ein weiteres
Glas mit Saft.

»Dass du mich so gut wiedererkannt hast, wundert mich, ich
war doch nur für einen kurzen Augenblick vor diesem Laden.«

»Zunächst hatte ich schon noch meine Zweifel, als ich dich
in der Mensa entdeckte«, sagte Gesine, »doch je öfter ich dich
sah, desto sicherer wurde ich. Endlich entschloss ich mich dich
einfach anzusprechen, sobald ich dich wiedersehen würde.«

Gesine zog ein Smartphone aus ihrer Tasche.

»Schau«, sie schob es über den Tisch und deutete auf den
kleinen Bildschirm.

»Erkennst du dich?«

Gesine hatte durch die Glasscheibe fotografiert. Das Foto
war scharf genug, um eine Frau im Halbprofil zu identifizie-
ren. Lisbet sah sich vor Rolis Kinderwagen stehen, aufgenommen in dem Moment, als sie die Wagenbremse löste. Schockiert starrte sie auf das Bild, dann schob sie das Smartphone
von sich weg in die Mitte des Tisches.

Die beiden begannen sich gegenseitig zu trösten. Gesine
wollte nicht, dass Lisbet sich übergroße Vorwürfe mache, sie
sei ihr ja unendlich dankbar, dass sie Sven so gut versorgt
habe, das würde sie ihr niemals vergessen, ihre Rettung sei sie
schließlich gewesen, und die Verantwortung trüge sie allein,
als Mutter, die ihr Kind auf die Straße gestellt habe.

Lisbet konnte Gesine verstehen. Sie wisse nicht, wie es ihr
in Gesines Situation ergangen wäre, was sie getan hätte und
wolle sich kein Urteil erlauben.

»Du warst in Not, vergiss das nicht, du hast in großer Ver-
zweiflung gehandelt, ich kann das gut nachvollziehen, und

he«, sagte sie salopp, »das Abenteuer ist gut ausgegangen, Roli geht es gut, mach dir keine Sorgen.«

Gesine lächelte.

»Da haben wir Zwei ganz schön was angestellt, findest du nicht?«

Plötzlich kicherten sie wie Schulmädchen, die zusammen etwas Verbotenes ausgeheckt hatten.

»Ich möchte Sven abholen.«

Vor diesem Satz hatte sich Lisbet gefürchtet, ihn erwartet und auch wieder nicht, doch sie wusste, er würde kommen, jetzt oder später.

»Du bist die Mutter.«

»Ja, und ich kann jetzt für ihn sorgen. Meine Anstellung als Deutschlehrerin am Gymnasium ist geregelt, eine kleine Wohnung habe ich inzwischen auch und einen Freund, der zu Hause arbeitet und Sven am Vormittag betreuen wird. Ich möchte mein Kind so bald wie möglich zu mir nehmen.«

Karlas Herz brach zum zweiten Mal in ihrem Leben, als Lisbet am Abend nach Hause kam.

»Rolis Mutter hat sich gemeldet, sie will ihn wiederhaben.«

Karla schrie auf, nahm das Kind und lief weinend mit Roli um den Tisch, Runde um Runde. Lisbet wollte sie beruhigen, bat sie, mit der Lauferei aufzuhören, sich hinzusetzen, sie anzuhören. Rolis Mutter käme ja nicht sofort, erst nächste Woche, sie sei übrigens eine sehr nette Mutter und habe nur aus Not gehandelt. Und Roli heiße auch nicht Roli, sondern Sven.

Karla sackte erschöpft auf einen Stuhl und drückte Roli an sich, der inzwischen ebenfalls weinte und sein Gesicht an Karlas Brust drückte.

»Ja, weine nur, mein Kind, du hast allen Grund dazu, bei solch einer schlimmen Mutter. Erst wirft sie dich weg, dann will sie dich wiederhaben, gerade wie es ihr passt. Du bist doch kein Spielzeug, mein kleiner Schatz, ein kleiner Mensch bist du, aber deine Mutter ist kein Mensch, ein Monster ist sie, genau wie Rolis Vater, der war auch ein Monster, konnte sein Kind nicht ertragen, hat es deshalb umgebracht. Was ist das nur für eine Welt, was sind das für Menschen, die so etwas tun.«

Karla heulte und fand kein Ende.

»Und ich, ich habe ein Kind entführt, ist das vielleicht besser?«

Karla hörte auf zu weinen. Sie wiegte Roli hin und her und summte ein Lied. Lisbet dachte mit Grauen an jene Mutter, die damals, als Roli gestorben war, mit seltsam tiefer Stimme ein unheimliches Lied gesungen hatte.

»Mama, es ist doch nicht zum Verzweifeln, wir werden Roli nicht verlieren. Gesine versprach es mir, wir können ihn besuchen, jederzeit.«

Gesine brachte einen Strauß gelber und roter Rosen mit, dazu eine große Packung Pralinen. Für Roli hatte sie einen griffigen kleinen Latexelefanten gekauft. Der Rüssel sei zum Lutschen, sagte sie und freute sich, dass ihr Kind das auch so sah. Roli packte mit beiden Händchen das Tier und steckte sofort den Rüssel in den Mund.

Lisbet hatte Kaffee gekocht und einen Kuchen gebacken. Sie saßen am Tisch. Karla hielt Roli auf ihrem Schoß, der seit den letzten Tagen nur noch hopsen und stehen wollte, und begeistert mit seinen Füßen stampfend Karlas Oberschenkel massierte.

Rolis Interesse an seiner Mutter war gering, er beachtete sie kaum, umso mehr den kleinen Elefanten. Gesine war so klug, das Kind auf Karlas Schoß zu lassen. Weder griff sie nach ihm, noch versuchte sie auf andere Weise, seine Aufmerksamkeit zu erzwingen. Sie schilderte noch einmal ihre Notlage, mit der sie Karla nicht besonders beeindruckte. Diese sagte kein Wort, doch Lisbet kannte den skeptischen Gesichtsausdruck ihrer Mutter nur zu gut, mit dem sie ihr Missfallen ausdrückte. Gesine sprach ausführlich über Rolis Geburt und die schwierigen Wochen danach, und wie glücklich sie über den guten Ausgang ihrer verwerflichen Handlung sei.

Dann redeten sie über die Zukunft, man wolle sich besuchen, so oft wie möglich. Lisbet bot Gesine an, sie könne auch weiterhin auf ihre und Karlas Hilfe zählen, gerne dürfe sie Roli bei Engpässen und jederzeit zu ihnen bringen.

»Nicht wahr, Mama, wir machen es gern und würden uns darüber freuen.«

»Das ist gut zu wissen«, sagte Gesine und strich sich das Haar aus der Stirn.

Karla legte Roli in den Kinderwagen, der abfahrbereit im Flur stand. Sie hatte ihrem Baby ein neues, selbstgestricktes Jäckchen angezogen und dazu eine passende Mütze über den Kopf gestülpt, denn die ersten Herbsttage waren kühl. Das Kind sollte nicht frieren. Sie schaute Roli an, er lachte und warf seine Beinchen nach oben. Karla packte seine Füße und küsste sie. Dann deckte sie ihn mit einer warmen Decke zu. Die gehäkelte Lochmusterdecke und Rolis Erstkleider hatte sie Gesine in einer Plastiktüte gereicht.

Gesine verabschiedete sich.

»Wie kann ich euch nur danken«, sagte sie, umarmte Lisbet und gab einer schweigenden Karla fast schüchtern die Hand. Lisbet begleitete sie zum Fahrstuhl. Dann ging sie zurück, um nach Karla zu sehen. Sie lag auf dem grünen Sofa und aß die erste Praline aus einer grob aufgerissenen Packung, die neben ihr lag.

»Sie hat ihn nicht verdient«, sagte sie.

»Doch, das hat sie«, sagte Lisbet, öffnete die Tür zur Loggia, trat ans Geländer und sah tief unten Gesine, die mit federndem Schritt den Kinderwagen um die Ecke des benachbarten Wohnblocks schob.

Inhalt